• 일러두기

본문에 언급된 도서명은《》, 영화 작품명은〈 〉으로 표기했습니다.

기분이 태도가 되지 않으려면

감정 기복이 심한 당신에게 필요한 기분 수업

나겨울 지음

위너스북
WINNER'S BOOK

하루는 멀쩡하다고 느끼다가도, 다음 날엔 별일 아닌 것에도 숨이 막히는 마음이 되곤 합니다. 감정이 먼저 밀려오고, 기분이 그 뒤를 따라오고, 그러다 보면 어느새 태도까지 흔들리는 자신을 발견하게 되죠.

저도 그랬습니다. 감정에 휩쓸리고, 기분에 묶이고, '왜 나만 이렇게 힘들까' 하는 생각을 수도 없이 했어요. 하지만 긴 시간을 지나며 알게 되었죠. 감정은 내가 잘못해서 생기는 게 아니고, 기분은 어쩌다 나를 덮고 지나가는 날씨 같고, 태도는 내가 선택할 수 있는 영역이라는 걸요.

그래서 기록하기 시작했어요. 흔들리는 마음의 모양을 붙잡아보기 위해, 무너질 것 같은 날에도 다시 나로 돌아오기 위해.

그 기록이 쌓이자 감정의 흐름이 보였고, 감정의 흐름을 알아차리자 삶이 조금씩 달라졌습니다.

이 책은 그런 과정의 조각들입니다. 여러분이 자신의 기분에 압도되지 않기를 바라며, 기분이 태도가 되기 전에 잠시 멈춰 서기를 바라며, 여러분의 하루가 더 자신의 편에 가까워지는 데 도움이 되길 바라며 썼습니다.

그러니 천천히, 자신만의 속도로 읽어주세요. 그러다 보면 여러분의 마음에도 분명 변화는 찾아올 겁니다. 아주 작고, 아주 조용하게. 그렇게 이 책과 함께, 기분과 태도 사이에서 잠시 멈춰 숨을 고를 수 있게 되길 바랍니다.

차례

1부 | 마음의 흐름을 들여다보다

2부 | 삶의 균형을 되찾다

3부 | 감정의 언어를 배우다

4부 | 살아내며 치유하는 법

1부

마음의 흐름을 들여다보다

감정은 왜 기분으로 번지고 기분은 왜 태도가 될까?

감정 → 기분 → 태도 → 관계 → 삶으로 이어지는 메커니즘

감정은 강한 정서적 반응으로써, 빠르게 생기고 순간적으로 사라진다는 특징이 있다. 반대로 기분은 지속되는 감정 상태로써, 우리 일상에 배경처럼 작동한다. 그리고 이 두 가지는 분명 혼자만의 것이다. 외부로 드러나는 건 태도니까. 그렇다면 기분이 태도가 되어 주변 사람들과, 나아가 자신까지 알게 되는 이유는 무엇일까?

기분이 태도가 되는 걸 누군가 느꼈다는 건, 그 사람에게 그 기분이 기본값이 된 지 오래됐다는 걸 뜻한다. 반복된 기분이 굳어지면 사고방식과 행동 양식에 영향을 주고, 그게 쌓여 결국 태도가 되기 때문이다. 그래서 태도가 변하기 위해선 우리에게 굳어진 기분의 기본값을 먼저 변화시키는 게 필요하다.

기분의 기본값을 부정에서 긍정으로 바꾸려면 강하게 다가와 계속해서 여운을 남기고 있는 감정을 없애야 한다. 부정적 감정은 따로 해소하지 않으면 사라지지 않고 엉뚱한, 생각지 못한 곳에서 다시 모습을 드러내기 때문이다.

부정적 감정이 처음 생겨난 어떤 사건, 사람, 말 등을 떠올려 보자. 그 출처는 하나가 아닐 수도 있다. 그리고 어쩌면 과거로 계속 거슬러 유년기까지 올라가야 할지도 모른다. 그게 아니더라도 생각한 것보다 훨씬 더 과거부터 지속적으로 느껴온 감정일 거고, 그렇게 누적된 감정이 부정적 기분이라는 기본값을 만들어냈다는 걸 먼저 인지하는 게 중요하다.

기분의 기본값

내 오랜 기본값은 우울이었다. 정확한 이유도 모른 채 우울하다는 말을 달고 살았고, 아무도 그 우울함을 자세히 들여다봐 주지 않았다. 나조차도 그때는 어디서부터 어떻게 해야 하는지 몰라 방황하기 시작했다. 매일 답답하고 슬퍼했으며 한없이 무기력한 시간을 보내기도 했다. 세상에 대한 염세적인 태도, 가족에 대한 원망, 자신에 대한 미움으로 똘똘 뭉쳐 보내는 일상은 매일이 지옥이었다. 끊이지 않는 생각 때문에 매일 잠을 이루지 못했고, 원인 모를 억울함을 느끼며 이불에 얼굴을 파묻고 소리 없이 울다가 잠이 드는 날이 대부분이었다.

그런 청소년기를 지나 대학에서 심리학을 전공하고 다양한 책을 읽으며 10대 시절 동안 청소년 우울증이 심했다는 사실을 뒤늦게 알았다. 어릴 때 겪은 트라우마로 인해 타인에 대한 미움과 원망이 시작됐고 그 깊이로 인해 자기혐오가 만들어졌다는 것도. 그래서 이 사실도 자연스럽게 깨달을 수 있었다. 누군가를 미워하는 마음을 오래 품고 살다 보면 결국 자신을 미워하게 되고, 세상을 비추는 마음의 거울 또한 부정으로 가득 찬다는 것을 말이다.

우울함이 기본값이던 시절에는 자신에 대해서도 무지했기 때문에 나라는 사람은 원래 그렇고, 영원히 바뀌지 않을 것만 같다는 생각도 했다. 그래서 그 당시의 나는 말 그대로 기분이 태도가 되는 사람이었다. 너무 오랜 시간 해소하지 않은 감정이 쌓이기만 한 탓에 표정, 말투, 언어까지 영향을 받았기 때문이다. 그래서 성인이 되고 그 사실을 깨달은 뒤에도 다음 챕터로 넘어가지 못했다.

타인에 대한 미움이 나 자신을 향한 미움이 되고, 결국 온 세상을 부정적으로 보게 된 나는, 무엇을 어떻게 위로받고 싶은지도 모르면서 나를 이해해 줄 사람들을 찾아 헤맸다. 행복해지고 싶다는 말을 유언처럼 하며 폭음하는 등 자해인지도 모르는 행동을 반복했고, 주변 사람들은 그런 나를 늘 우울하고 염세적인 사람으로 보았다.

그런 스스로에 대한 혐오는 나날이 깊어졌고, 사소한 부분에서조차 타인에게 이해받지 못하니 행복과는 점점 멀어졌다. 그러다 생각하게 된 건, 행복한 사람이 되기 이전에 지금 당장의 나에게 필요한 건 무엇인지였다. 당시의 나는 알고 있었다. 매일 같이 널뛰어서 스스로도 종잡을 수 없는 감정을 먼저 관리해야 한다는 것을 말이다. 그래서 그때부터 본격적으로 감정 기록을 시작했다.

나를 기록하기 시작하다

이전 글에서도 말한 것처럼, 나는 오랜 시간 우울했으며 자존감도 낮았고 끊임없는 자기혐오에 시달렸다. 살면서 내가 귀한 존재라고 한 번도 생각해 본 적이 없을뿐더러, 나를 사랑해야 하는 이유조차 몰랐다. 그러니 당연히 내가 잘하는 게 무엇인지 찾아볼 여유도 없었고, 누군가 칭찬을 해줘도 온전한 칭찬으로 받아들이기 어려웠다. 또한 어떤 사람을 만나야 하는지, 어떤 노력을 해야 하는지, 어떻게 살아가야 하는지 알지 못했다.

그렇게 혼란과 방황으로 물든 내 인생을 바꾸려면 일상부터 달라져야 했다. 당시 내가 일상에서 가장 힘들고 어렵다고 느낀 건 감정 기복과 기분 변화였기에, 그것부터 기록하기 시작했다. 시작은 '기분 날씨 노트'였다. 기분 날씨 노트를 쓰는 법은 간단하다. 우선 그날의 날짜와 요일을 적고 실제 바깥 날씨와 미세먼지 농도를 적는다. 그리고 그 바로 밑에 바깥 날씨와는 상관없이 세상을 느끼는 내 마음의 온도를 적고 미세먼지는 걱정 먼지라는 이름으로 바꾸어 어느 정도로 걱정하며 하루를 보냈는지 표시하는 것이다.

이걸 매일 적은 뒤 한 달이 지날 때마다 그달의 평균 마음 온도와 걱정 농도에 대한 통계를 그래프로 그려봤다. 나는 바깥 날씨가 따뜻할 때도 마음은 춥다고 느끼는 사람이었고, 반대로 아주 추운 날씨 속에서 마음 따뜻한 경험을 하는 날도 꽤 많은 사람이었다. 다만 그런 순간을 너무 찰나로 기억하고, 이미 익숙하게 자리 잡은 부정적인 것들에 더 시선을 줬기 때문에 기본 값 또한 부정으로 가득 차 있다는 걸 깨달았다.

그렇게 어렴풋이 알거나 또는 아예 몰랐던 것까지 기록을 통해 눈으로 직접 확인한 작업으로, 나 자신을 이해하는 시작의 기회를 얻을 수 있었다. 그때부터 감정에는 이유가 있지만, 기분은 그저 날씨와 같은 거라고 생각하기로 했다. 우리가 바깥 날씨를 원하는 때에 원하는 것으로 바꿀 수 없는 것처럼, 통제할 수 없는 것을 내려놓기로 한 것이다.

어떤 날씨, 사람, 사건 등 아무런 영향을 받지 않고 하루의 기분을 직접 결정하고 유지한다는 건 쉬운 일이 아니다. 하지만 하루의 끝에 그날의 기분을 체크하고 바깥 날씨와의 연관성도 찾아보면서 스스로의 패턴을 알아가는 일은, 온전히 스스로에게 집중할 수 있는 시간을 가질 수 있게 해주기 때문에 장기적으로 도움이 된다. 그래서 상담&치유 글쓰기 수업을 진행하면서도 한 달 내내 이 노트를 작성하도록 했다. 치유의 기본은 결국 그렇게 스스로를 자세히 알아가는 것부터였다.

오늘의 나에게 줄 수 있는 선물

무작정 힘내라는 말은 도움이 되기보다 오히려 놀리는 것처럼 느껴지거나 더 힘이 빠지게 할 때가 있다. 나 역시 힘내라는 말이 전혀 위로되지 않고, 듣기조차 싫었던 순간들이 있었다. 하지만 이제는 조금의 응원이 되었다. 모든 말은 받아들이기 나름이라는 걸 실감하며 꼬아서 생각하지도 않고 곧이곧대로 듣지도 않았더니 그 말이 의외의 위로가 된 거다. 내가 힘냈으면 하는 마음, 기운을 차려서 다시 나답게 앞으로 나갔으면 하는 그 마음에 대한 고마움을 간직하며 내일은 오늘보다 더 힘내자고 다짐하며 잠들 수 있게 되었다. 그러니 기본의 응원이 꼭 성의가 없거나 효과가 별로인 것은 아니다. 받아들이는 우리의 생각과 마음이 중요할 뿐, 힘내라는 말 자체가 나쁜 것도 아니다.

아주 오랫동안 힘들었어도 우린 그 시간을 거쳐 결국 자신에게 맞는 답을 찾아왔다. 짧은 고통이든 긴 아픔이든, 지금을 살고 있다는 것 자체만으로도 할 수 있는 한 노력했다는 뜻이다. 그러니까 노력해서 찾은 정답을 꾸중하지 말자. 지금도 괜찮다고 말해주자. 앞으로 원하는 방향을 향해 나아갈 수 있다는 위로를 건네자. 힘내라는 말 안에 그 모든 걸 넣어 자신을 다독이자. 그런 위로와 다독임은 오늘의 자신에게 줄 수 있는 최고의 선물이니까.

치유의 시작
: 이해와 인정

오랜 기간 지속적으로 부정적 기분을 느끼며 살았다는 걸 인식했을 때 필요한 건 치유이고, 그 시작은 '이해와 인정'으로부터 비롯된다. 자신을 온전히 있는 그대로 이해하고 받아들일 때 스스로를 치유할 수 있는 힘이 생기기 때문이다. 이해를 한마디로 표현하면 '그렇구나.'이고, 인정을 한마디로 표현하면 '그럴 수 있지.'다.

어떤 나부터 이해하고 인정해 줄지 생각하자마자, 어린 시절의 내가 떠올랐다. 늘 화가 나 있던 그때의 내가 선택한 자기방어는, 사람에게 미움받기 전에 사람들을 먼저 미워하는 거였다. 그래서 한참 사람이 좋을 나이에 학교에서 팔을 배배 꼬고 아이들을 째려보기 바빴고, 그 원인은 정서적 거절과 방치였다.

어린 시절 내내 감정을 표현해도 충분히 받아주지 않는 환경에서 "왜 그렇게 예민하냐.", "별것도 아닌 걸로…." 같은 반응을 주로 들으며 자랐다. 사랑받기 위해서 때론 내 감정을 감추거나 진짜 나라는 사람을 다 보이면 안 된다는 사실을 깨닫기도 했다.

그렇게 어린 시절 자연스러운 이해가 필요했던 나를 먼저 진심으로 이해해 주기로 마음먹었다. 먼저 남들과 조금은 다른 생각과 행동을 하는 내 모습에 개성이라는 단어를 붙여주었다. 그리고 '이상하고 보편적이지 못한 나'가 아닌, 누구나 하나쯤은 가진 특이함을 지닌 어린아이였을 뿐이라고, 잘못은 없었다고 말해주었다.

물론 한 번 그렇게 말해주는 것으로 치유가 되진 않는다. 하지만 그렇게 마음먹고 실천하며 자신을 이해하고 인정해 주는 작업을 자주 할수록 자신감이 생긴다. 스스로를 사랑하는 것도 바로 거기서부터다. 낯선 행위가 익숙해질 때쯤, 내가 나를 사랑하고 있다는 확신이 드는 날이 점점 많아졌다.

감정이 메시지라면
태도는 답장이다

감정은 메시지처럼 우리에게 도착했다는 알림을 보낸다. 그 알림에 대해 어떻게 반응할지는 당연히 받는 사람의 몫이다. 그간 내가 어떤 감정이 도착하면 어떤 반응을 보내는지에 대해 정리해 보며 내린 결론이 있다. 곧장 무의식적 반응으로 답장하는 것도, 아예 무응답을 하는 것도 좋지 않다는 것이다.

우리에게 필요한 것은 '감정과 행동 사이를 벌리는 것'이다. 부정적 감정이 바로 부정적 행동으로 이어지는 걸 막는 것. 그러려면 거절당해도 괜찮으니 스스로가 느낀 걸 솔직하게 말할 수 있는 용기가 필요하다. 또한 억누르기만 한다고, 표출하기만 한다고 감정이 말끔히 해소되고 좋은 결과가 남는 것도 아니라는 걸 알아야 한다.

과거에 감정을 건강하게 해소하지 않아 엉뚱한 곳에서 폭발하는 경험을 한 적이 있다. 그 이후로 짜증이나 화 없이 서운함을 알려야 한다는 걸 깨달았다. 내 감정과 기분은 나뿐만 아니라 타인에게도 낯설다. 출처가 분명하지 않은 메시지를 받았을 경우, 발신자를 앞에 있는 사람으로 착각해 부정적 답장을 보내지 않도록 노력하는 것이 중요하다.

그러려면 자신이 느끼는 감정을 뭉뚱그려 이해하려고 하기보단, 세세하게 이름을 붙여주는 게 도움이 된다. 이를테면 이유 없이 짜증이 나는 줄 알았지만 사실 그 바탕에 누적된 피로감이 있다는 사실을 알면, 자신에게 당장 필요한 휴식이라는 해결책을 줄 수 있게 된다. 그렇게 자신의 감정을 알아채고 알아주는 연습이 쌓이면 부정적인 답장을 보내는 태도는 사라질 수밖에 없다.

기분은 오지만 태도는 내가 선택하는 것임을 기억하고, 무의식적 반응을 의식적 선택으로 바꾸는 경험을 쌓자. 그러다 보면 부정적 태도로 일관하는 사람으로 기억되지 않을 것이다.

살기 위해 글을 썼다

내 글쓰기는 일기부터 시작됐다. 초등학교 때 학교에 주기적으로 제출해서 검사를 맡는 일기장이 있었다. 방학 때 하루 이틀 밀리기 시작하면 끝도 없던 그 숙제를 아마 기억할 거다. 그때부터 나는 학교 일기장과는 별도로 나만의 다이어리가 따로 있었다. 누가 시킨 적 없지만 평소에 내가 보고 듣고 느낀 걸 전부 그곳에 적었다. 그때는 마주 보고 싶지 않고 감당하기 어려운 것들이 많아 비워진 날도 꽤 있었지만, 나는 누군가와 공유하는 것보다 혼자 정리하는 게 더 잘 맞는 사람이라는 걸 깨닫는 계기가 되었다.

일기 이외에도 내 일상에는 늘 글쓰기가 있었다. 중학생이 되고 나서는 블로그를 시작했다. 일상 사진과 함께 그날 내가 느낀 것을 적어 올리고 나처럼 일상을 공유하는 이웃들과 소통하기도 했다. 그때 사귄 친구들과 펜팔이라고 불리는 편지를 주고받기도 했다. 아마 내 생각을 공유하고 싶은 친구를 학교에서 찾기 어려웠고 형제도 없었기 때문이라고 생각한다. 무슨 할 말이 그리 많았는지 얼굴도 본 적 없고, 내가 가본 적도 없는 동네에 사는 친구들에게 구구절절 적어 늘 뭉텅이의 우편을 보냈던 기억이 난다.

사춘기 때부터 난 내 존재 이유에 대해 끊임없이 생각했다. '살아 있으니 살아가는 것'이 나는 어려웠다. 그래서 스스로를 괴롭히면서까지 살아 있어야 하는 이유를 추궁했다. 그런 날에 썼던 건 유서다. 내 방 피아노 의자 아래 숨겨둔 유서 뭉텅이들이 기억난다. 그건 당시 존재의 불안과 벌이는 사투의 증거였다. 지금 생각해 보면 유서 쓰기로 당시의 내가 얼마나 살고 싶어 했는지를 확인한 거라는 생각이 든다.

그걸 쓰고 난 뒤에는 어김없이 이어폰을 귀에 꽂고 천변으로 나가 걸었다. 말없이 흐르는 강 옆에서 수없이 많은 사람을 지나보내며 걷고 또 걸었다. 그리고 집에 돌아가서야 잠에 들 수 있었다. 지독하게 우울하고 지난하게 흘러가던 그 시절 역시 그렇게 지나보냈다. 이런 것들을 시작으로 나는 생각하고 쏟아내고 나중에 다시 꺼내보고 그것에 대해 또 생각하는 루틴을 만들었고, 그 과정이 결국 나 자신을 더 알게 했다.

성인이 돼서 자연스럽게 글쓰기를 시작하게 된 것도 어릴 때부터 이렇게 내 이야기와 생각, 마음 등을 꺼내쓰는 것에 대한 낯섦이 없었기 때문이라고 생각한다. 나는 그게 '해방감'이라는 걸, 첫 책을 낸 후 정의 내릴 수 있었다. 누군가에게 말로 하는 것보다 글로 쓰는 게 더 좋았고, 그 시간을 통해 결국 진짜 내가 누구인지 알게 됐으니까. 내가 쓴 모든 것들은 그렇게 켜켜이 쌓여 나를 살게 했다.

여러 번 무너지고 다시 지어지는 마음

사람은 살면서 너무도 많은 것에 집착하게 된다. 자신도 모르게, 때로는 알면서도. '이 정도는 집착이 아닐 거야, 괜찮을 거야'라고 생각하면서 스스로를 속이는 일도 있다. 다양한 집착이 있지만 대부분의 집착은 자신을 갉아먹기 쉽다. 집착하는 대상이 아닌 감정과 마음에 자신을 내주는 거고, 그래서 집착은 사랑이 아니라는 말도 있는 것이다. 가만히 생각해 보면 마음을 편하게 해주는 집착이란 없다. 자신이 그렇게 생각하고 믿었을 뿐, 집착은 늘 사람을 불편하게 만들었을 거다.

손에 쥐고 있는 걸 놓지 못하는 이유가 무엇일까 생각해 보면 다 욕심이다. 그런데 욕심이라는 생각까지 가기가 힘들다. 나만의 이유가 다 있는데 그게 왜 욕심일까 이해가 되지 않을 테니까. 그런 게 당연하다. 집착과 욕심은 어쩌면 아주 작은 차이니까. 그 선과 벽과 힘이 어려워서 조절에 실패하는 거니까.

너무도 신경 쓰는 부분에 집착하며 살 수도 있고, 신경 쓰지도 못한 부분에 집착하며 살 수도 있다. 그런 부분을 누군가의 말로 들으면 상처받게 된다. 그러니 그전에 먼저 알아차린다면 예기치 못한 혼란을 피할 수 있는 거다. 손에 쥐고 있던 걸 놓으면 모든 게 무너지는 느낌이겠지만, 때로는 전부 무너지는 느낌에도 살아남을 수 있다.

쓸모없는 집착과 무분별한 혼란 속에서 벗어나는 게 먼저다. 무너진 것들은 전부 바로 세우면 된다. 살아가다가 여러 번 무너지고 다시 지어지는 마음일 거다.

치유의 글쓰기

내가 생각이 많은 사람이라는 걸 그나마 좋아할 수 있게 된 것도 글을 쓰기 시작하면서부터다. 오랫동안 생각이 너무 많아 괴로 웠던 나는 꼬리에 꼬리를 무는 생각들을 글에 쏟아붓기 시작했 다. 그랬더니 한 가지를 반복해서 생각하는 횟수가 적어지고 복 잡한 느낌도 사라졌다. 많은 생각을 풀어낼 수 있는 건강한 방 법 중 하나가 글쓰기라는 걸 알게 된 후, 그때부터 주위에 글쓰 기를 추천했다.

사람들에게 꼭 강조하며 얘기했던 것 중 하나는 글쓰기라는 이름의 거창한 활동이 아니어도 된다는 것이다. 복잡한 마음을 적어 내려가며 건강하게 감정을 풀어내는 게 목적이기 때문에, 예쁜 종류의 다이어리가 필요한 것도 길게 써야 하는 것도 아니다. 하루에 한 줄이라도 좋다. 그날의 감정과 이야기를 기록하는 것으로 자신에 대한 변화를 감지할 수 있는 마음만 있으면 된다. 그렇게 생각을 글로 표현하는 습관을 들이면 누군가에게 말로 털어놓지 않아도 혼자 감정을 해소하고 보내줄 수 있고, 정리되지 않은 복잡한 기분에서도 벗어날 수 있기 때문이다.

만약 일기 쓰는 것조차 버겁게 느껴지는 날에는 아무 종이에 생각나는 말을 적어 봐도 좋다. 형식에 얽매이지 않고 생각나는 대로 쓴 후에 눈으로만 보내는 게 아니라 소리 내어 읽어보면 더 좋다. 손으로 한 번, 눈으로 한 번, 입으로 한 번, 그렇게 꺼내놓은 자신의 마음을 여러 번 되새기다 보면 스스로가 그토록 답답했던 진짜 이유를 알게 되며 숨통이 트일 것이다.

글쓰기를 통해 스스로를 치유하다 보면, 내 안에 머무르는 부정적 감정과 기분을 속에 두지 않고 꺼내는 데 가장 큰 의미가 있다는 걸 알게 된다. 또한 자기 인식과 통찰력이 향상되면서 스스로를 더 깊이 이해하게 되고 앞으로의 변화를 위한 발판도 만들어진다. 혼자서 하는 글쓰기는 누군가로부터 평가받지 않기 때문에 지극히 솔직하고 자유로운 행위이다. 그 시간을 잘 활용해 스스로를 이해해 주는 시간을 갖다 보면, 누군가에게 의지하지 않아도 자신을 지켜준다는 느낌을 받으며 독립적인 존재로 거듭난다.

나는 써 놓은 걸 나중에 꺼내보는 작업도 많이 했다. 처음에는 마주하기 싫고 힘든 내용도 많았지만 지나고 나서 읽어 보니 어떤 사건, 상황, 사람에 대해 객관화하는 데에도 도움이 됐다. 그렇게 과거 상처를 재해석하고 회복의 흔적을 마주하며 내가 얼마나 달라졌고, 또 무엇을 어떻게 극복한 사람인지 직접 확인할 수 있었다. 성장한 나를 애틋하게 생각하며 조금씩 더 나은 어른이 되어가고 있었다.

나를 용서하고 스스로와 화해하기
: 자기 수용

어떻게 만들어진 상처든 그것에 오랜 시간 영향을 받았다면, 얼른 떨쳐버리지 못한 자신을 이해하지 못하고 아마 미워했을 거다. 그래서 나는 그럴 수밖에 없던 나를 용서하고 상처받은 내면에게 화해를 요청했다. '나를 미워하는 것을 그만두기'로 결정한 것이다.

한때는 나에게 또 안 좋은 일이 일어났다며 혼자 저 아래 깊이까지 들어가려고 했다. 당시에는 누구의 위로도 와닿지 않았고 세상에 혼자 남겨진 기분이었다. 하지만 조금만 달리 생각해 보니, 그동안 힘든 일이 생겼을 때 해결되지 않은 적은 없었다. 그리고 나는 그 모든 시간을 견뎌내고 다시 나로 살아가고 있는 멋진 사람이었다. 그걸 깨닫고 나니 힘들더라도 견뎌온 나 자신을 믿어보자는 희망의 자세가 생겼다.

살다 보면 예상치 못한, 당황스럽고 고통스러운 일은 계속해서 일어난다. 그때마다 스스로를 가장 미워하기 쉬운 대상으로 생각한다면, 세상에 내 편은 없다는 생각이 들 것이다. 그러니 우리는 타인에게 하듯 자신에게도 따뜻하게 대해줘야 한다. 스스로에게 지나치게 엄격하지 말고, 너그럽고 친절한 사람이 되어주어야 한다.

그러려면 어떤 시련이 찾아와도 내 의지로 일어난 일이 아닌 것에 너무 심각해지거나 스스로를 지나치게 원망하지 말아야 한다. 자신을 함부로 대하고 있던 것에서 점차 멀어져, 상처에 노출된 자신을 보호해 줘야 한다. 어쩌면 그건 내가 나에게 해줄 수 있는 가장 큰 사랑일 지도 모른다.

텍스트 테라피 상담을 진행할 때 가장 많이 들었던 게 '자존감'과 관련한 이야기다. 자기 수용은 자존감의 핵심 요소 중 하나다. 내 단점, 실수, 불완전함까지 포함해서 자신의 모든 면을 인정하고 어떤 경우에도 자신을 존중하고 사랑해 주는 게 진정한 자기 수용이라고 할 수 있다. 그래서 스스로를 용서하고 자신과 화해했다면, 이제는 자기 수용이 필요하다. 있는 그대로의 자신을 받아들이고 사랑할 때 더 확고한 나로 살아가게 된다.

내 시간의 주체자가 되자

"혼자 있는 시간을 가질 때입니다." 이건 상담 때 내가 자주 했던 말이다. 많은 감정을 쏟던 대상과 멀어지고 나면 무엇으로도 채워지지 않을 것만 같은 공허함이 밀려오기 마련이다. 그럴 때 외부로부터 어떤 것이든 가져와 메우려고 하면 공허함은 더 큰 비참함과 외로움으로 번지게 된다. 언제나 정답은 '내 안에' 있다. 혼자 있는 법을 깨우친 사람을 나무에 비유해 보자면, 바람이 불어와 잎사귀는 하염없이 흔들릴지언정 절대 뿌리째 뽑히지 않는다. 혼자일 때 온전히 혼자일 줄 아는 사람이 누군가와 함께할 때도 온전히 그 시간에 집중할 수 있다.

그런데 우리는 꽤 많은 시간을 스스로의 것이 아닌 것처럼 쉽게 내어준다. 나 자신을 위해 보낼 수 있는 시간이 낭비될수록 에너지는 채워지는 게 아니라 뺏기게 됨에도 불구하고 말이다. 그래서 혼자 있는 걸 힘들어하는 사람들에게 그래도 혼자 있을 것을, 그 시간을 어떻게 채워갈지 계획해 볼 것을 권했다. 처음부터 잘되지 않아도 좋다. 중요한 건 마음을 먹고 행동으로 옮기는 시간이 점차 쌓이는 거니까.

나는 사춘기 시절에서 힌트를 얻었다. 당시에 좋아했던 다이어리 꾸미기, 필름 카메라로 사진찍기 등과 같은 취미를 다시 해 보기로 한 것이다. 10대 때부터 좋아하던 활동이 20대와 30대 때는 또 다른 의미로 다가온 게 신기했다. 그리고 혼자서 보내는 시간을 알차게 채워줄 오래된 취미를 갖고 있다는 게 소중하게 느껴졌다. "저는 과거에도 좋아하는 게 없었어요."라고 하는 사람들에게는 운동이나 독서, 식물 키우기 등을 추천했다. 사실 무엇을 하든 혼자서 그런 시간을 보내는 이의 마음가짐과 태도가 가장 중요하다는 말도 덧붙이며.

상담 때 자주 하는 말이 또 하나 있다. "당신은 너무 많이 사랑하려 하고, 너무 쉽게 상처받지만, 그건 당신이 관계를 정말 소중하게 여기는 사람이라는 증거예요." 그렇다. 너무 진심이었기 때문에 지금 그렇게 아프고, 속상하고, 화도 나는 거다. 별거 아닌 일이 아니다. 너무 최선이었기 때문에, 혹은 최선을 다하지 못했기 때문에 후회와 미련이 남을 수 있다. 그러나 지금 이 순간에도 우리에게 주어진 시간은 흐르고 있다. 혼자 있는 시간을 잘 꾸려 나가면서 충분히 힘들어하고 보내줄 때가 됐을 때 보내주면 좋겠다. 그땐 다시 모든 게, 당신을 중심으로 흘러갈 테니.

현상 유지

사람 사이의 적절한 간격에 대해 생각했다. 얼마큼 다정하면 되는 걸까. 또 얼마큼 무심하면 되는 걸까. 내가 해준 것만큼 돌아오지 않을 걸 알면서도 잘해주고 싶은 사람에게는 계속 끝까지 잘해주는 게 맞는 걸까? 그러다가 어느 날 지쳐 그 끝이라는 날이 찾아오면 상대를 원망하는 마음보다 그렇게 하기로 결정하고 행동한 나자신에 대한 미움이 훨씬 클 텐데. 그러므로 사람 사이에는 '적당히'가 필요하다는 글을 수도 없이 썼을 텐데.

여전히 모든 관계에 간격을 잘 지키고 있지 못한다. 결국엔 끝나버릴 관계라 애정을 덜 쏟았는지, 애정을 덜 쏟았기 때문에 결국엔 끝나버린 관계인지도 알지 못한다. 그래도 지금껏 그랬듯 마음 가는 대로 하자 싶다가도, 그 마음 가는 대로의 바탕에 도사린 두려움이 자꾸만 나를 쥐고 흔든다. 그래서 요즘은 사람과 관계 그 무엇도 편하지 않다.

그러다 보니 자연스럽게 꼭 만나야 하는 사람들만 만나게 된다. 해야 하는 일과 관련된 사람들과 비즈니스 선에서만 대화를 나누고, 개인적인 안부는 쉽게 묻지 않는다. 그러다 창밖으로 보인, 긴긴 비로 물에 잠긴 천변. 마음을 비롯한 무엇도 넘치지 않았으면 좋겠다는 생각을 했다. 그 생각 또한 내 일기장 안에만 쓰며 자기 전에는 사람을 너무 사랑하지도 너무 미워하지도 않게 해달라는 기도를 바쳤다.

이번에도 역시 인간관계에 대한 고찰이 시작된 것은, 내가 더 성장하고 있기 때문이라고 생각하려고 한다. 사는 동안 내 마음을 뒤집어지게 만들 인물들은 반드시 또 나타날 테고 이유 없이 내게 친절과 애정을 베푸는 인물들 또한 나타날 테니, 지금을 너무 좌지우지하려고 애쓰지는 말자고. 사람에 관한 스트레스, 그리고 부담감 때문에 나타나는 현상 유지 자세를 원망하지도 말자고 그렇게 나를 다독인다.

자기 돌봄

자기 돌봄(self-care)의 가장 기본은 '몸과 마음의 건강'이다. 건강을 잃으면 모든 걸 잃는다는 말처럼, 건강하지 않으면 스스로를 돌보는 환경 자체가 만들어지지 못하기 때문이다. 몸과 마음의 건강을 위해 내가 먼저 노력한 것은 '일과 쉼의 균형 맞추기'다. 우리의 삶에는 반드시 리듬 조절이 필요하다. 그런 노력 없이 일과 쉼 중 한쪽으로 과하게 치우친다면 몸이든 마음이든 어딘가 먼저 아프기 시작한다.

나는 완벽주의 성향이 강하다. 스스로에 대한 기준점이 높다 보니 쉽게 만족하지 못하고, 쉴 때도 마음이 편하지 않다. 그래서 주기적으로 번아웃이 찾아온다. 스스로에게 계속 완벽하기만을 기대하며 충분히 휴식할 시간을 주지 않았기 때문에 어쩌면 당연하다. 열심히 노력하는 것만큼이나, 꾸준함이 중요한 것도 사실이다. 하지만 번아웃이 올 만큼이라면, 나는 이미 열심히 그리고 꾸준히 해왔을 것이다.

이후에 나를 쉬게 하기 위해 다양한 관점으로 생각해 보기 시작했다. 잠시 쉬어간다고 큰일 나는 게 아니고, 휴식을 통해 더 많은 에너지를 충전하고 나면 오히려 스스로가 기대하는 높은 기준점에서의 시작이 수월해질 수 있다고 그렇게 달래기도 했다. 주변에서 "너는 내가 본 사람 중에 가장 열심히 살아. 그러니까 이젠 좀 쉬엄쉬엄해."라고 말해주던 이야기도 한 번 수용해 보기로 했다.

그렇게 멘탈을 다잡으며 몸을 위해 노력한 건, 요가와 명상이다. 우연히 참여한 원데이 클래스에서 몸과 마음이 연결되어 있다는 느낌을 다시 받으며 시작됐다. 스스로를 나무라고 생각하고 팔을 쭉 뻗어내라는 말에 눈물이 뚝뚝 흘렀다. 일에 집중하는 동안 내 몸, 그리고 나라는 사람 자체에 얼마나 관심을 두지 않았는지 느껴졌기 때문이다.

그렇게 몸을 움직이고 나서 들려오는 싱잉볼 소리에 온전히 집중하니 5분도 안 돼서 잠에 드는 나를 발견했다. 10대부터 수면장애를 가지고 산 나에게는 더없이 신기하고 귀중한 경험이었다. 명상은 '내가 지금 여기 있는 걸 아는 것'이라는 말도 마음에 들었다. 요가 선생님은 내 발걸음이 여기까지 온 것에도 다 이유가 있을 거라고 얘기해주셨고, 그건 정말이었다. 이후 쉼이 필요할 때마다 그곳을 찾고 있다.

자기 돌봄의 기본이 건강이라면, 꼭 갖춰야 할 미덕은 바로 '성찰'이다. 스스로를 돌아보며 혼자서 생각을 정리하는 시간은 반드시 필요하다. 나는 그 과정에서 기록과 독서의 도움을 받는다. 많은 개수의 노트 중에 가장 손이 많이 가는 건 단연 '데일리'다. 하루의 타임라인을 정리해서 적고 그 옆에도 따로 네 가지를 적는다. 첫 번째는 먹는 거다. 하루에 내가 먹는 모든 것을 적는다. 두 번째는 수면 시간이다. 꿈을 꿨다든지 중간에 깼다든지 하는 특이점도 메모해 둔다. 세 번째는 그날의 기분을 1부터 10까지의 점수로 매기는 것이다. 바로 옆에 왜 그 점수를 줬는지 작게 메모도 한다. 네 번째는 그날의 중요 이슈 세 가지를 적는다. 이슈라고 표현했지만, 그날에만 일어난 나만의 작은 일들을 적는다고 이해하면 쉽다.

이렇게 내 하루를 상세히 적게 된 것은, 꼼꼼히 기록하기 위해 돌아보는 나의 하루가 얼마나 소중한지 느낄 수 있기 때문이다. 누군가에게 얘기하며 하루를 돌아볼 수도 있다. 하지만 고요한 공간에서 온전히 나 자신에 대해 생각하고 적어 가며 이전의 나는 어땠는지, 요즘의 나는 어떤지, 지금의 내가 어떤 방향으로 나아가는지에 대한 생각을 하는 그 시간 자체는 자기 돌봄에 최적이다.

자기 돌봄의 가장 마지막 단계라고 생각하는 건, 사회적-정서적 안정과 자존감을 위해 '지지와 공감이 가능한 관계'를 만드는 것이다. 시간이 갈수록 친구보다 '마음의 결이 맞는 사람', '대화가 잘 통하는 사람', '내가 무슨 얘기를 하는 건지 더 설명하지 않아도 알아주는 사람'이라는 표현을 많이 써왔다. 우리 모두는 필연적으로 사람이 있어야 하고, 그들이 해주는 지지와 공감이 필요하다. 하지만 그건 서로에게 안정감을 줄 수 있는 관계 속에서만 이루어진다.

서로를 난처하고 눈치 보게 만들지 않는 관계 안에서 우리는 안정감을 느낀다. 그런 존재와 시간을 보낸 뒤에는 좋은 사람 지수를 가득 채운 것마냥, 더 잘 살고 싶어지고 더 좋은 사람이 되고 싶은 생각이 든다. 사실 그런 마음이면 된다. 좋은 사람들과 보내는 시간 속에서 안정감을 얻어 앞으로 나아갈 힘을 얻는 것. 그래서 나도 이제는 에너지를 뺏기는 만남과 기분이 상해서 돌아올 게 뻔한 자리에는 절대 나를 데려다 놓지 않는다. 그 시간에 마음을 다해 나를 돌본다.

2부

삶의 균형을 되찾다

자존감

상담 신청을 받기 시작하고 가장 많이 등장한 고민의 주제는 자존감이었다. 우선 자존감의 사전적 정의를 살펴보면 '자신이 가치 있는 존재라고 생각하며 자신을 긍정적으로 받아들이는 감정을 말한다.'라고 한다. 그리고 '자존감'이라는 단어를 검색만 해도 자존감 높이는 방법, 자존감 높이는 글귀, 자존감 높이는 책, 자존감 낮은 사람 특징, 자존감 테스트, 자존감 높이는 노래 등의 연관 검색어가 뜬다. 그만큼 자존감에 대한 사람들의 고민은 깊다.

자존감이라고 보통 줄여서 말하지만 원래 이름은 '자아존중감'이다. 여기서 '자아'란 '나는 누구인가'에 대한 질문의 대답인데, 실제로 자존감이 낮은 시절에 나는 여기에 아무런 답을 할 수 없고 오히려 혼란스러움을 느꼈다. 그래서 깨달은 건 자존감을 높이기 위해선 먼저 '정체성 확립'이 필요하다는 사실이다. 그때부터 '나는 누구인가'에 대해 답을 할 수 있도록 만들자고 다짐하며, 나를 알아가기 시작했다.

끊임없이 질문을 던졌다. 지속적으로 드는 어떤 생각이나 누군가에게 나도 모르게 했던 말과 행동에 대해 스스로에게 '왜?'라고 물었다. 그리고 가족, 친구, 지인, 어른들과 대화하며 그들의 생각도 들어보았다. 자신을 실컷 미워한 것 같은 날에도, 타인과의 대화 속에서 나를 사랑하는 마음을 만난다. 그래서 가끔은 타인과의 대화가 자신과의 소통이 된다.

좋은 부분은 흡수하고, 다른 부분은 존중하자고 마음먹으며 나에 대해 정리해 나갔다. 그러면서 자존감에 꼭 필요한 '자기 객관화'도 자연스럽게 이루어졌다. 몇 년간 다양한 지역을 돌며 진행한 치유 글쓰기 원데이 클래스의 활동지를 만들 때 그 시절에 했던 걸 많이 참고했다. 이를테면 이런 것들이 있다.

- 내 장단점 적어보기
- 그 장단점들을 언제, 어떻게 깨닫게 된 건지 적기
- 단점을 어떻게 장점으로 승화시킬 수 있는지 바꿔서 생각해 보기
- 내가 생각하는 좋은 사람의 기준 10가지
- 내가 싫어하는 사람이 가진 성격 10가지
- 현재 내 삶을 유지하도록 도와주는 것 10가지
- 이것만은 꼭 지키며 살고 싶은 내 신념과 가치관 10가지

원래 정체성은 청소년기에 확립되는 거라고 한다. 하지만 우리는 살면서 언제든 나를 잃어버릴 수 있다. 그래서 나는 위에 적힌 것들을 주기적으로 적어 보고 정리해 나가는 시간을 갖길 추천한다.

정체성 확립과 자기 객관화의 다음 단계는 '있는 그대로의 모습에 대한 긍정'이다. 우리는 자신의 부정적인 부분을 잘 알고

있다. 가장 어두운 면과 마음속 깊은 곳에 있는 목소리가 매일 들리기 때문이다. 그렇기에 부정적인 부분이 부각되어 스스로를 사랑하기보다는 무시하기 쉽고, 타인에게는 너그럽게 해줄 말도 자신에게는 엄격하게 소리칠 수 있다. 하루아침에 내 모든 것을 긍정적으로 생각하기는 당연히 어렵겠지만, 그렇기에 스스로에게 작은 것부터 다정하기를 권하고 싶다.

자신을 위해 사는 하루하루가 모여 결국 원하는 삶을 찾게 만든다. 길을 잃었을 때는 스스로를 사랑하기 어렵고 자존감을 높일 여유조차 만들어지지 않는다. 하지만 자신이 어떤 사람인지, 정말 원하는 게 무엇인지 알아주고 애틋한 자신의 삶을 위해 노력할 때 비로소 우리는 자신을 진심으로 존중할 수 있게 된다.

자존감은 짧은 시간 동안에 높아지지 않고, 어렵게 높아졌어도 상황에 따라 유지력이 떨어지기도 한다. 그래서 우리에게는 조급해하지 않는 마음이 필요하다. 자신의 마음을 살피고 돌보는 일이 바로 자존감을 높이는 일이고, '서두르지 않으며 천천히'가 자존감을 높이는 데에 가장 필요한 마음가짐이다. '천천히'

와 '꾸준히' 이 두 가지만 기억하면 쉽게 올라가지 않는 자존감을 매일 느끼며 좌절하지 않을 수 있다. 나도 모르는 사이에 아주 조금씩 변화하고 있다는 생각까지 하면 더욱 좋다.

아직도 부정적이고, 타인의 시선을 신경 쓰고, 생각과 걱정이 많고, 나를 사랑하지 않는 것 같다는 느낌이 들 때면 자신이 노력하고 있는 것들을 떠올리자. 자존감을 높이려는 마음을 먹은 순간부터 사실, 행복해질 준비가 된 것이나 다름없다. 찾아가고 발견하고 알아가는 과정인데 눈에 띄게 변한 게 없다고 우울해할 이유도 없다. 천천히, 그리고 꾸준히 노력하면서 일상을 놓치지 않고 살아가다 보면 생각지도 못한 곳에서 변화를 느끼게 되고 자존감을 높이려 했던 모든 노력이 헛되지 않았다는 걸 알게 될 것이다.

트라우마

할머니와 아버지로부터 아예 사랑을 느끼지 못하며 자란 건 아니었다. 할머니는 내가 3살 때부터 엄마 역할을 대신해 주셨고, 아버지는 내게 필요한 것을 기억해 두었다가 사주고, 출근하는 아침마다 휘파람을 불어주거나 손 편지를 써주는 등 섬세하고 다정한 모습을 보였다. 그러나 바쁜 그들은 종종 나를 방임했고, 매일 가장 많은 시간을 함께 보내던 사촌오빠로부터 신체적, 정서적 학대를 받았다. 5살 차이가 나는 오빠로부터 가족에게 절대 얘기하지 말라는 협박을 매일 받았고 폭력을 가하다가도 갑자기 약을 발라주는 등 모순적인 그가 안타깝게도 나와 놀

아주고 밥을 챙겨주는 유일한 사람이었다.

 '이 사람에게 의지해야 해. 그런데 이 사람이 무서워.'라는 딜레마에 빠진 나는 그때부터 혼란스러운 애착 행동을 보였다. 애착 유형에는 크게 네 가지가 있다. 안정적인 보호자와의 관계 속에 자라서 자신과 타인에 대해 긍정적인 안정 애착, 감정 표현에 무관심한 보호자와의 관계 속에 자라서 감정을 억제하거나 무시하려고 하는 불안-회피 애착, 일관되지 않은 예측 불가능한 환경에서 자라서 타인의 사랑과 관심을 끊임없이 확인하며 관계에서 불안을 느끼는 불안-집착 애착, 학대와 방임 그리고 트라우마 같은 극단적인 스트레스 상황에서 자라 혼란스럽고 예측 불가능한 감정 표현을 하고 자기 파괴적이거나 극단적인 관계 패턴을 보이는 혼란형 애착.

 나는 이 중 네 번째인 혼란형 애착으로 오랜 세월을 살았다. 다가가고 싶지만 동시에 두려워하는 내적 갈등 속에서, 보호자는 내게 안전한 피난처였던 적이 없었으니까. 할아버지가 돌아가신 뒤, 그는 집에서 나가 살게 되었고 할머니와 아버지, 그리고 나 이렇게 셋이 함께 살기 시작했다. 그렇게 안전한 환경에 놓인 듯했지만, 오히려 사춘기 때 주 양육자인 아버지를 위험의 근원이라고 느낄 만한 일들이 생기기도 했다. 그렇게 시작된 트라우마는 지나간 일이 되지 못하고 내 인생에 계속해서 영향을 미쳤다. 그리고 그런 시간이 길어질수록 원인을 제공한 사람에 대한 분노보다는, 아직도 보내주지 못한 나 자신을 한심하게 생각하는 마음이 커졌고, 불행하다고 느꼈다.

스스로를 극복한 사람으로 부르면서도 마음 한편에서는 과거의 기억이 여전히 내 심장을 아주 조금씩 갉아 먹었다. 생명에는 지장이 없지만, 눈에 보이지도 않지만, 세상에서 오직 나 한 사람만 느끼는 극심한 통증은 자신에 대한 사랑과 온전한 나로 살아가는 일상을 방해했다. 가끔 정신을 차렸을 때 안개가 걷힌 듯 뚜렷하게 보이는 게 있었다. 멈추지 않고 조금씩 극복해 나가고 있는 나 자신이다. 과거에는 입으로 발음하는 순간부터 눈물이 쏟아지는 여러 단어가 있었다. 언젠가부터 마음은 좀 먹먹하지만 울지 않고 얘기할 수 있게 되었고, 시간이 더 지나고부터는 담담하게 말할 수도 있게 되었다. 모두 다 극복한 것은 아니지만, 그게 모두 없던 일이 되는 것도 아니지만, 어쨌든 나는 트라우마를 밟고 올라서게 된 것이다.

트라우마는 내가 어떻게 하면 괴롭지 않게 삶을 잘 살아갈 수 있을까를 고민하며 몸을 움직이게 하고, 무언가를 배우게 하고, 가지고 이뤄낸 것에 대해 감사하는 마음도 갖게 했다. 그렇게 바람이 빠진 풍선에 틈틈이 공기를 주입하듯 나를 크게, 더 크게, 그리고 터지지 않게 만들었다. 바닥에 쓰러져 있는 게 아닌 높이 올라가 하늘을 둥둥 떠다닐 수 있게, 나는 치유와 도전을 멈추지 않았다.

여전히 이미 다 지난 일이 내 삶에 영향을 준다는 생각이 들면, '아직도 멀었나?'라며 잠시 좌절하기도 한다. 그럴 때 가장 많이 한 생각은, 그러기엔 시간이 너무 아깝다는 것이다. 나는 내 인생을 잘 살아가는 것을 넘어, 사랑하는 글쓰기로 사람들에게 긍정적인 도움을 주고 싶다는 생각을 가지고 있으니까.

앞으로 또 어떤 게 내 삶에 부정적인 작용을 해서 시야를 가리고 마음의 문을 닫게 할지는 모르겠다. 분명한 것은, 나는 내가 나아가야 할 방향과 나아가고 싶은 방향을 누구보다 잘 알고 있는 사람이기에 또다시 회복할 수밖에 없다는 사실이다. 그리고 더 많이 성장한 모습으로, 내 자아실현과 동시에 사람들의 내면을 평화롭게 만들어주는 길로 나아갈 것이다.

진부한 사랑을 하세요

나는 희망적인 글을 자주 쓰며, 희망적으로 살고 싶고, 그렇게 살기 위해 많은 노력을 하고 있다. 그래서 그런 긍정적이고 순한 에너지를 스스로 만들어 내기도 하고 누군가를 통해서 받기도 하지만 여전히 부족하다고 느낀다. 부정적이고 악한 에너지 또한 마음속 한구석에 자리 잡고 있기 때문이다. 하지만 이제 그런 결을 타인에게 보이지 않도록 하는 방법을 터득했고, 그래서 온전히 나 혼자서만 감당할 수 있도록 설계해 두었기 때문에 타인과 잘 지낼 수 있음과 동시에 심한 외로움을 겪기도 한다.

언제나 사랑을 강조하는 나는, 스스로에 대한 사랑과 타인에 대한 사랑이 조화를 이루었을 때 비로소 삶도 균형을 이룬다는 것을 알고 있다. 때로는 그것이 너무도 어렵다. 하루를 안정적으로 만들기 위해서는 감정과 기분의 컨트롤만으로는 되지 않기 때문이다. 그래서 순수한 사랑이 그립다. 의심과 불안, 욕심 등이 섞이지 않은 마음 말이다. 그렇게 나는 어쩔 수 없이 그 부분을 충족하기 위해 누군가에게는 쉽게 오글거린다고 느껴질 만한 글을 써야만 한다.

여전히 세상 어딘가에선 사람들이 오글거린다고 말할 만한 그런 사랑을 하는 사람들이 분명 있을 거다. 그렇게 가장 촌스러운 언어들로 사랑을 이어 나가는 사람들이 자꾸만 궁금해지고 애틋해서 나는 여행을 떠나고 싶어진다. 세계 곳곳을 돌아다니며 내가 추구하고 있었던 사랑, 나에게 필요한 사랑 등을 마주칠 때 마음이 일렁이면 살아 있다는 기분 또한 느끼기 때문이다. 그리고 애국가를 들을 때마다 글썽이던 어린 내가 떠오르기도 하는데, 왜 이 사랑이 이토록 사람들에게 진부해졌을까 생각하면 삶이 조금만 덜 각박하기를 바라게 된다.

그렇게 세상을 여행하면서 수많은 빈티지를 사 모으기 시작했고, 낡은 것의 가치를 다시금 알 수 있었다. 우리에게는 때로 대중이 말하는 진부한 사랑이 필요하다는 것 또한. 그러니 나는 당신이 추구하는 사랑을 향해 망설임 없이 뚜벅뚜벅 걸어 나갔으면 한다. 정답을 찾지 말고 정답을 만들어내는 사람이길 바라면서. 사랑을 지속해서 발견하고 흡수하고 또다시 원하는 한, 삶이 위태로워질 리는 없으니까.

내 연애가 매번 힘든 이유

: 애착과 결핍에 대해

애착은 인간이 타인과 정서적인 유대감을 형성하는 방식을 설명하는 심리학 이론이다. 그리고 애착 유형은 주로 유아기 때의 주요 보호자와의 관계에서 형성되지만, 성인이 된 이후의 친밀한 관계에도 영향을 미친다고 알려져 있다. 내가 해당되는 혼란형 애착은 종종 불안형이나 회피형 같은 다른 애착 유형의 특성을 보이는데, 그렇게 '사랑받고 싶지만, 사람은 믿을 수 없어.'라는 혼란스러운 내면 신념을 가진 채 나는 성인이 되었다.

20살, 첫사랑과 연애하며 가족 이외에 친밀한 관계가 생겼고,

내 감정 버튼도 그때부터 눌리기 시작했다. 심리학에서는 트리거라고 부른다. 과거 경험을 무의식적으로 떠올리게 만드는 자극이 오면 당겨지는 방아쇠라는 뜻으로, 나 같은 경우는 '이해할 수 없다는 반응'에서 강하게 자극받곤 했다. 상대가 나를 이해할 수 없다는 듯한 반응을 보이면 크게 상처받고 그 불안을 공격으로 표현하게 된 것이다.

출생 직후부터 관찰 가능한 선천적으로 타고나는 정서적 반응 경향을 '기질'이라고 한다. 후천적 경험과 환경에 의해 형성되는 성격에도 영향을 미쳐, 성격의 씨앗으로 비유할 수도 있다. 기질은 긍정적이고 예측 가능하며 새 환경에 잘 적응하는 쉬운 기질, 부정적 정서가 많고 적응이 어려우며 예측 불가능한 행동을 하는 어려운 기질, 조심스럽고 새로운 상황에 천천히 적응하는 느린 기질 이렇게 세 가지로 분류된다.

어릴 때부터 늘 '유별나다'는 말을 듣고 자극, 감각, 정서 반응, 변화 등에 민감했던 나는, 어려운 기질에 해당될 것이다. 타고나는 기질은 절대 좋고 나쁨의 문제가 아니며 까다롭다고 해서 무조건 불안정 애착으로 이어지는 것도 아니지만, 아쉽게도 나는 양육자로부터 감정 표현의 수용을 받지 못했고 안전함에 대한 경험도 없다 보니 불안을 기반으로 한 혼란형 애착을 갖게 되었다.

아직도 기억난다. 학교가 끝나고 집으로 돌아가 "친구들이 나보고 특이하대. 나 같은 애 처음 본다는데?"라고 말했을 때 가족이 보였던 반응을. 그때부터 우리 가족은 '보통 사람'이라는 틀 안에 나를 가두고 내 다름을 개성으로 인정해 주지 않았다. 그 시대 사람들이 가진 보편성, 내 자식이 다른 애들처럼 평범하게 자라길 바라는 마음은 시간이 지나면서 이해하게 됐다. 하지만 이미 '이해받는 것'에 아주 큰 결핍을 갖게 된 이후였다.

그래서 내가 그간 해온 연애는 '있는 그대로의 나를 진심으로 이해해 주는 사람'을 만나기 위한 여정에 가까웠다. 가족으로부터 생긴 결핍을 새로운 인연으로 없애고 싶어 했다. 시간이 지나서야 알게 된 건, 결핍은 없애는 게 아니라 '다른 방식으로 채워가는' 거라는 사실이다. 그리고 과거의 부족함을 대체해 줄 누군가를 찾기 이전에 내가 먼저 나를 진심으로 이해해 줘야 한다는 것도 깨달았다.

"그때 나는 정말 사랑받고 싶었구나. 근데 그 말을 듣지 못해서 외로웠구나." 스스로에게 해주는 이 별거 아닌 듯한 몇 마디가 그동안 억눌러 있던 감정을 조금씩 없애주는 것처럼 느껴졌다. 이후에 생긴 새로운 관계에서도 덕분에 조금 더 성숙해진 걸 느낄 수 있었다.

우울과 무기력 대처하기

무기력은 스스로를 감당할 수 없을 때 찾아온다. 한마디로 자신이 너무 버거운 시기다. 그래서 무기력이 찾아오면 머리로는 해야 할 일을 떠올리면서도 몸은 좀처럼 움직이지 않는다. 내가 하는 모든 것에 대한 자신감도, 용기도, 기운도 없기 때문이다. 우울증을 마음의 감기라고 이야기하듯 무기력도 비슷하다. 감기에 걸렸을 때 병원에 가서 약을 처방받고 주사를 맞을 수도 있지만, 비타민을 섭취하고 집에서 아무것도 하지 않은 채 따뜻하게 푹 자는 것이 오히려 더 효과적일 때도 있다. 충분히 쉬지 못했다는 몸의 신호가 감기로 나타난 경우도 많기 때문이다. 그런 것처럼 기운이 없을 때는 무기력을 밀어낼 무언가를 애써 찾기보다, 그저 충분한 휴식을 취하는 것만으로도 다시 일어설 수 있다. 사람에게는 누구나 '자연 치유'의 힘이 있기 때문이다.

특별히 신경 써준다면 더 빨리 나을 수도 있겠지만 무기력이 찾아왔을 때 오히려 그 선택은 부담이고 압박일 수 있다. 우울할 때 그 감정이 떠나가도록 시간을 가지고 그냥 두는 것처럼 무기력한 시기도 벗어나고 싶을 때까지, 그럴 수 있을 때까지 그저 기다려주면 좋다. 그 시기에 그냥 시간을 보내는 게 초조하고 괴로울 수도 있지만, 아무것도 하지 않는다는 것에 대한 죄책감을 느끼지 않아도 된다. 누구에게나 그런 시기가 있다. 어떤 것에도 용기 내고 싶지 않은 건 그만큼, 그동안 많은 용기를 가지고 살아왔다는 뜻이다. 충분한 휴식을 가진 뒤에 조금씩 기운이 생길 때쯤에는 자신에게 무기력이 찾아온 이유를 조금씩 생각해 보면 된다. 그 과정에서 자신을 더 이해하게 될 것이고 무기력해지는 패턴을 읽으면 그전에 어느 정도 대비도 할 수 있게 된다. 예방하기도 전에 찾아온 무기력 앞에서 스스로를 무작정 감당하려고 애쓰지 말자.

나는 엄청난 우울과 무기력이 나를 덮쳐올 때마다, 그 당시에 내가 할 수 있는 단 한 가지를 떠올리는 데에 모든 에너지를 썼다. 그때 내 생각은 '이거 먼저 하고 그다음에 생각해.'였다. 그건 밀린 일이 될 수도 있고 샤워나 밥 먹기처럼 기본적인 것일 수도 있다. 나는 답장해야 하는 메일 하나를 보내고 아주 작은 성취감을 느꼈다. 물론 해야 할 일 10가지 중에 고작 한 가지를 하고선 뿌듯해하면 안 된다는 부정적인 생각이 순간 올라왔지만, 무언가를 했다는 사실 자체에 대한 칭찬이 꼭 필요할 때가 있다는 걸 깨달은 후부터는 그런 생각은 물리치고 나 자신에게 좀 더 다정해지기로 했다. 이렇게 우리가 당장 해야 할 것 한 가지를 해낼 때, 기분이 태도가 되는 일 한 번을 방어할 수 있게 된다.

일중독과 번아웃

: 일과 쉼의 균형

"그럼 넌 대체 언제 쉬어?"

내 한 달 일정표를 본 모두가 공통으로 하는 말이었다. 그만큼 일에만 매달려 살았다. 그러면서 어떤 성과가 나타나도 칭찬이나 보상 없이 바로 다음 것을 생각하며 앞으로만 빠르게 나아가고 있다고 믿던 때였다.

나는 실수나 불완전함을 견디지 못하는 성향을 가진 사람, 즉 완벽주의자다. 심리학에서는 스스로 높은 목표를 세우지만 실패를 수용할 줄 아는 건강한 형태인 '적응적 완벽주의'와 실수에 과도한 불안을 느끼고 자신을 끊임없이 비난하는 형태의 '부적응적 완벽주의' 이렇게 두 가지로 나눈다. 눈치챘겠지만 나는 후자다.

아무리 성과를 내도 스스로가 아직 부족하다는 생각을 버리지 못하다 보니 늘 긴장된 상태로 일을 하고 한편으로는 자기 불신이 쌓였다. 그 자기 불신을 이겨낸다는 명분으로 과도하게 노력하다 보니 휴식이 부족해지고 피로가 누적되며 건강도 안 좋아졌다. 그런 에너지 소진에도 멈추지 못하고 결국 탈진까지 가고 나서야 어쩔 수 없이 일을 쉬게 됐다.

스스로를 몰아붙이는 성향 탓에 어떻게든 해내지만, 그 과정에서 제대로 쉬지 못해 오는 과부하가 문제였다. 강제로 멈춰지면 더 크게 무너진다는 것도 알게 되었고, 그렇게 스스로를 몰아붙이는 성향이 내 장점이자 단점이라는 생각이 들었다. 그래서 일에 대한 계획을 세우는 것처럼 쉬는 것도 똑같이 계획을 세워 내 하루, 한 달, 인생의 일부에 꼭 휴식이 있어야 한다는 걸 적응시키기로 했다.

과부하가 왔다고 느낄 때, 고장 나기 전에 멈춰야 한다. 마음 안에서 재촉하는 잡음 또는 주위 사람들과 비교하게 되는 마음 같은 건 중요한 게 아니다. 가장 중요한 내면의 소리에 귀를 기울여, 멈출 수 있을 때 멈추는 게 먼저다. 그래서 내가 얻은 지혜는 그 시점을 스스로 깨달을 수 있어야 한다는 거였다.

처음에는 적절한 때에 쉼을 줘도 그 시간에 어색함을 더 많이 느꼈다. 그리고 쉬는 시간이 길어질수록 죄책감 비슷한 감정이 몰려오기도 했다. 그럴 때마다 다시 열심히 일할 나 자신을 떠올렸다. 이렇게 쉬고 난 이후엔 더 열심히 일할 나라는 걸 다시 한번 상기했다. 그러다 보니 자기 확신이 생기고 자신감도 채워지는 기분이 들었다.

이후에 나처럼 쉬지 못하는 사람들을 만나면 꼭 얘기해준다. 할 일을 계획할 때 쉼도 그 안에 꼭 넣어주라고. 그 계획도 다른 여느 계획들처럼 꼭 지켜줘야 한다고.

성장통

어젯밤, 가위에 눌렸다. 그리고 어제의 그 고통보다 나를 더 세게 짓누르는 게 뭔지 나는 안다. 지금보다 더 나아져야 한다는 압박감, 발전하고 성장하지 않으면 이 시간이 전부 사치와 같다는 강박. 누굴 위한 건지 모르는 이 의무감은 일상에서 소소한 행복을 찾으며 움직일 수 있는 가능성을 배제해 버린다.

운 좋게 제주에서 친해진 친구는 나에게 카톡을 보내왔다. '일할 생각만 하지 말고 놀 궁리를 해야지. 여긴 제주도란 말이야!!!' 끝에 붙은 여러 개의 느낌표에서 친구의 목소리가 들리는 거 같아 잠시 웃었다. 그러고는 정색. 조금이라도 불편한 게 있으면 마음 놓고 잠깐도 웃지 못하는 내 모습에 내가 질려버린 듯한 느낌이 들었다.

초등학교 3학년 때 몹시 아픈 성장통을 겪었다. 어디가 골절이 된 것도 아니고 성장통으로 깁스라니, 이해할 수 없었다. 그리고 가족들은 자연스럽게 기대했다. 성장통으로 깁스까지 하는 나의 다리가 얼마나 길게 자랄지에 대해. 하지만 모두의 기대와 달리 나는 162cm라는 평범한 키에 머물렀고, 왜 남들이 겪지 않은 거창한 성장통을 겪었는지 한동안 의아했다.

이맘때쯤 이 일화가 생각난 것은 나에게 별로 이상한 일도 아니다. 나는 늘 성장하는 것에 비해 더 크게 앓는 사람이라는 생각을 살면서 지울 수 없었으니까. 그건 몸은 마음을 따라가지 못하고, 마음은 몸을 따라가지 못하는 현상이 반복되기 시작한 최초의 경험과 같았으니까. 이제 지독한 자기반성의 수순에 따라 나는 다시 변하려고 애쓸 것이 분명하다.

살면서 수많은 것이 나를 지치게 한다. 이번에도 많은 것을 나열할 수 있다. 하지만 나를 다독일 수 있는 것의 가짓수는 많지 않다. 이 말은 행복이 곧 하나의 길로 통한다는 뜻이 되기도 한다. 그래서 나는 원점으로 돌아가 몸이 마음을 따라갈 수 있도록, 마음이 몸을 따라갈 수 있도록 해야겠다고 생각했다. 그런 경험은 많이 쌓이면

쌓일수록 좋으니까.

매 순간 촉각을 곤두세우고 내가 지금 어떤 위치에 있는지 생각하면 내가 서 있는 땅은 지진이 난 듯 흔들릴 수밖에 없다. 그래서 지금 내 일상에 조금의 쉼이 되어줄 수 있는 여유라는 바람을 넣어주기로 했다. 서 있는 곳이 흔들리는 게 아니라 은은한 바람에 내 머리칼 정도만 흩날릴 수 있도록 말이다. 그렇게 다시 나에게 조금의 자유를 주기로 했다.

스트레스 관리하기

대학교 때 정신건강 수업을 들으며 처음 알게 되었다. 명상에 대해서 말이다. '마음 챙김 명상'이란 생각과 욕구를 멈추고 철저하게 나를 내려놓는 훈련이다. 이 명상법은 불교 수행에서 비롯되었다고 하는데, 현대에 와서는 스트레스 완화 프로그램으로 만들어지기도 해서 더 많은 사람이 알고 있으리라 생각한다.

마음 챙김 명상의 대표적인 방법은 호흡 명상, 바디 스캔, 걷기 명상 등이 있다. 나는 그중에 '호흡 명상'을 가장 즐겨 한다. 준비물도 필요하지 않고, 마음의 불안을 잠재우고 싶다고 느낄 때 언제 어디서든 할 수 있기 때문이다.

호흡 명상은 자세를 바로 하고 자연스럽게 숨을 들이쉬고 내쉬면 된다. 숨이 들어오고 나가는 감각을 그저 관찰하며 딴생각이 들 때는, '아, 내가 딴생각하는구나.' 하고 다시 호흡으로 돌아오면 된다. 처음에는 여러 생각이 이 과정을 방해할 수도 있다. 하지만 매일 일정한 시간을 정해두고 꾸준히 반복해서 연습하면 하루하루 조금씩 생각과 마음이 비워지는 게 느껴질 것이다. 명상은 그렇게 나에게서 빠져나가는 불안을 지켜보는 일이기도 하다.

명상을 꾸준히 해보니 온전히 나에게만 집중하는 시간을 가질 수 있는 귀한 시간으로 집중력 향상에도 도움이 됐다. 자꾸만 다른 생각이 떠올라 책을 읽기도 어려웠던 때에 이 명상을 통해 편하게 독서할 수 있게 된 기억이 있다.

사실 나는 강한 스트레스를 느낄 때 이런 명상이 아니라 자극적인 대처법을 쓰던 사람이었다. 당장 판단해서 해결할 방법을 찾고 정리를 하라며 자신을 몰아세우기 바빴다. 하지만 불안한 상태에서 하는 어떤 결정도 만족스러운 결과를 가져오지는 못했다.

몸과 마음을 편안하게 만든 후에 움직여야 한다는 걸 깨닫고 나서, 명상을 준비 운동처럼 하게 됐다. 준비 운동이 끝난 뒤에 드는 생각은 확실히 불안과 나를 분리해 주었다. 마음 챙김 명상의 핵심이기도 한 '지금 여기에서 있는 그대로 나를 관찰하기'는 이렇게 불안감을 줄여주며 스트레스에 대한 회복탄력성을 갖게 한다.

결국 스트레스는 없애는 게 아니라 잘 다뤄야 하는 것이다. 자신에게 맞는 방법을 찾고 그걸 지속 가능하게 실천하는 게 가장 중요하다는 걸 잊지 말자.

기록의 순기능

다양한 기록을 오랫동안 해오며 느낀 건, 어떤 생각이든 머릿속에만 두면 안 된다는 것이다. 긍정적이든 부정적이든 우선 꺼내 마주한 뒤에 '아, 내가 이렇게 느꼈구나.' 하는 깨달음이 필요하다는 뜻이다. 특히나 혼란스럽고 불안정한 시기를 지나고 있다면 더더욱 기록은 도움이 될 것이다. 지속적인 기록을 통해 자신을 마주하면, 스스로 겉과 속이 같은 사람임을 느낄 수 있기 때문이다. 그렇게 불분명했던 것들이 명료해지면 자신을 보호하고 진심으로 사랑하는 길로 들어서게 된다.

회피한 감정과 상처는 언젠가 다시 모습을 드러내며, 예상치 못한 순간에 우리를 당황하게 하고 스스로에게 실망하게 만든다. 그러니 무작정 피해야 하는 것들로 생각하지 않고 내 일부로 받아들이는 자세가 필요하다. 꾸준한 기록은 무의식을 들여다볼 수 있게 해준다. 그래서 기록을 습관화하면 현실과 이상을 구체화할 수 있게 되기도 한다.

우리 인생에 있어 치유는 장기 목표다. 어느 정도 해냈다고 끝나는 일이 아니기 때문이다. 그러니 결과보다는 흐름에 집중하고 사소한 경험도 기록해 보라. 그것은 자신을 섬세하게 아껴주는 계기가 되어줄 것이다. 기록이 어느 정도 습관화됐을 때는, 행복해지기 위해 근본적으로 해결해 나가야 하는 것들을 정리해 보기를 추천한다. 그런 계획을 세우는 것만으로 삶을 이끌어갈 힘이 생길 것이다.

건강한 소통과 인간관계

사람에 대한 스트레스가 커지면 나도 모르게 스스로를 방어하기 위해 마음의 문을 닫게 된다. 무례한 사람에게 선한 마음까지 베풀 필요가 없듯, 당연히 나에게 상처 주고자 하는 사람에게까지 너그럽지 않아도 된다. 다만 우리가 경계해야 할 것은, 무례한 사람을 방어하려 만든 날 선 태도를 모든 관계에 똑같이 적용하는 것이다.

사람은 필연적으로 사람에게 상처받는 존재다. 그래서 누군가를 미워하게 될 수 있다. 하지만 타인을 미워하는 마음을 오래 품으면 그 화살은 결국 나 자신에게로 오게 된다. 그래서 자신을 위해 부정적 감정은 보내주려고 해야 한다. 그 과정에서 어느샌가 다시 사람으로부터 치유받는 스스로를 발견할 수 있을 거다.

건강한 소통을 위한 마음가짐 첫 번째는, '마음의 여유 만들기'이다. 사람에 대한 너그러움은 결국 개인이 가진 마음의 여유에서 나온다. 그 여유를 가지려면 먼저 마음의 문을 활짝 열어야 한다. 여기서 마음의 문을 연다는 건, 유난히 사람을 좋아하려고도 특별히 사람을 미워하려고도 하지 않는 자세를 갖는 것과 같다.

두 번째는 사람을 연민하는 것이다. 타인의 고통을 의식하고, 그 고통을 덜어주거나 없애고자 하는 마음이 드는 건 동정이다. 거기에 적극적으로 도움을 주려는 의지까지 포함하는 게 바로 연민이다. 즉 연민과 동정심의 가장 큰 차이점은 행동하느냐, 하지 않느냐인 것이다. 쉽게 말하자면 '먼저 손 내밀기'를 실천하면 좋다는 거다.

사람은 다 연약한 부분이 있고 저마다의 상처를 가졌다. 그래서 의도치 않게 자기를 보호하려고 과한 방어막을 치거나 마음과는 다른 표정을 하거나 말을 뱉을 수도 있는 존재다. 가만히 생각해 보면, 우리 모두가 그렇다. 하지만 그런 경험과 고통을 가지고도 잘 살아보려 애쓴다. 그런 개개인에게 연민하는 마음으로 다가가자는 거다.

물론 모든 사람이 호의에 고마움만을 느끼며 똑같이 주려고 하지는 않는다. 하지만 '어차피 돌려받지 못할 거 먼저 주지도 말자'는 마음으로 지내면 누구와도 '진심으로 주고받기'는 불가능하다. 그래서 우리에게는 일단 '받을 생각 없이 주는' 마음이 필요하다. 먼저 배려하고, 존중하고, 이해하며 진심으로 소통하기 위해 최선을 다해 노력해 보는 거다.

세 번째는 쉬어야 할 때는 쉬어가는 것이다. 마음의 문을 열고 먼저 다가가며 지내다가도, 살다 보면 꼭 극단적으로 사람을 평가하고 설득하고 미워하는 시기가 찾아온다. 그럴 때는 과감하게 쉼을 선택해야 한다. 모든 관계에 기울이던 관심과 진심을 잠시 멈추는 거다. 그리고 자신을 더 아끼고 사랑하는 시간을 가져야 한다. 스스로를 보듬어주는 만큼 우리는 회복할 수 있고, 다시 관계를 위해 노력할 에너지를 얻는다.

마지막은 나와 타인을 존중하는 마음을 갖는 것이다. 누군가의 관계에서의 태도와 인간을 존중하는 마음 모두 나로부터 나온다. 그래서 타인을 존중하기 전에 나 자신부터 챙겨야 한다. 나 한 사람이 온전히 건강할 때, 내가 맺는 관계도 그러할 수 있다. 그렇게 나 자신을 존중하는 마음을 바탕에 두고 타인을 대할 때 진심이 전해지며, 건강하게 소통하는 인간관계를 오래 유지할 수 있게 된다.

좋은 사람이 된다는 것

살다 보면 자신이 어떤 사람인지도 모르겠고, 알던 자신으로 지내는 것도 어려운 순간이 찾아온다. 언제 어디에서 자신을 잃어버렸는지 짚어보기도 버거워서 그냥 되는대로 살게 되는 시기. 그렇게 우리는 살면서 때론 온전한 자신이 되는 일이 어렵다. 하지만 완전한 자신을 보여줘야 하고, 때론 원래보다 더 좋은 사람의 모습을 보여줘야 한다. 강요하지 않아도 느껴지는 침묵의 강요 속에서, 어느새 그렇게 되어 있는 자신을 발견한다. 또 나은 사람으로 살라는 강요가 없다고 하더라도 마음에는 늘 잘 살아야 하고, 좋은 사람으로 살아야 한다는 강박이 있을 것이다. 그렇게 천천히 자신을 옥죄면서 숨 쉴 틈을 막아버린 적도 있을 것이다.

더 잘 사는 삶에 대한 갈망, 누군가보다 나은 인생을 살아야 한다는 압박, 좋은 사람이 되고 싶은 본능까지 다 좋다. 그렇지만 잃어버린 자신을 찾지 않은 채로 타인에게 좋은 사람이고 싶어 하는 건 아무 의미가 없다. 의미 없는 일을 성실하게 반복하다 보면, 어느 순간 공허함과 회의감이 찾아온다. 괜찮은 사람이 되고 싶다면, 무엇보다 자신에게 먼저 좋은 사람이어야 한다. 적당히는 늘 어렵지만, 스스로를 적당히 타이르고 적당히 아끼며 살아갈 필요가 있다. 세상이 정해 놓은 기준이나 타인의 시선에 맞춘 좋은 사람이 아니라, 진정한 의미의 좋은 사람이 되고 싶다는 마음을 놓지 말자.

3부

감정의 언어를 배우다

기쁨

내가 좋아하는 철학자 니체는, 기쁨을 '고통 속에서도 느껴지는 생의 의지와 긍정'이라고 불렀다. 고통의 바다 같은 인생에서 헤엄치며 종종 만나게 되는 순간적이고 생생한 감정의 폭발이라고 할 수 있다.

즉 기쁨을 고통과 분리되는 별개의 감정이 아니라, 삶 안에서 누릴 수 있는 특별함이라고 본 것이다. 그도 그럴 것이, 시련은 끊임없이 찾아온다. 하지만 우리는 어떻게든 그 시련을 극복하고 다음으로 나아간다. 그럴 때 느낄 수 있는 궁극적인 감정이 바로 기쁨이다.

단순히 좋은 일이 생기거나 어떤 보상을 받는 것처럼 결과 중심으로 느끼는 기쁨은 찰나다. 그러나 기쁨의 의미를 확장해 보면, 우리가 기쁨을 느낄 때마다 무언가를 극복하며 조금은 성장했다는 것을 알 수 있다.

그늘이 없으면 햇살의 따뜻함을 알 수 없듯, 기쁨에 벅찰 수 있는 것도 고통 덕분이라고 그렇게 전체를 받아들이는 자세를 가지면 우리가 누릴 수 있는 기쁨은 더 깊고 넓어진다.

슬픔

'정신적 고통이 계속되는 일', 슬픔은 그렇게 정의된다. 울고 싶은 기분이 지속된다는 뜻이지만, 다른 말로는 우울로 바뀌기 전의 상태를 뜻한다. 그래서 마음껏 슬퍼하라고 말한다. 감정이 체해서 마음에 걸리지 않도록 전부 쏟아내는 날도 필요하다. 울고 나면 조금은 속이 시원해진다는 말도 그래서 나왔으리라 생각한다.

한바탕 쏟고 난 후에도 슬픈 감정이 전부 사라지는 건 아니지만, 적어도 마음에 얹히게 두지는 않을 수 있다. 사람에 따라 슬퍼하는 기간은 다르다. 금방 털어낼 수도 있고, 오랫동안 헤어 나오지 못하고 슬퍼할 수도 있다. 그 기간이 유독 길다고 해서 이상한 게 아니다. 오래 슬퍼할 자격이 있는 것뿐이다.

그러니 울고 싶으면 울고, 후회가 되면 후회하고, 그리우면 그리워하면 된다, 마음껏. 마음처럼 되지 않는 일 때문에 그런 것이니 그것만큼은 마음껏 해도 된다.

분노

살면서 누구나 타인의 말이나 행동, 또는 어떤 상황에 화를 주체하지 못하고 바로 표현한 적이 있을 거다. 그리고 그런 충동적인 표현 뒤에 따라오는 후회의 경험도 분명 있을 거로 생각한다. 나도 분노를 다스리고 싶어 많은 시간 고민하며 지냈다. 그 과정에서 알게 된 것은, 화가 나는 진짜 이유와 그 이면에 있는 감정을 먼저 파악할 수 있어야 한다는 것이다.

분노는 주로 '화'로 표현되는 방어적 감정이다. 순간 타오르듯 나타나고는 시간이 지나면 이내 꺼지고 매운 연기를 내뿜는다.

그렇게 진정이 되고 나서야, 분노라는 가면 뒤에 있는 다른 것들을 발견하게 된다. 그 뿌리에는 상처, 두려움, 좌절감, 수치심 등이 숨어 있다. 먼저 그걸 발견해야만 분노를 다루는 힘도 가질 수 있다. 참으면 참을수록 커지는 게 분노이기 때문이다. 그래서 억지로 누르거나 폭발시키는 게 아닌, 건강하게 표현하는 법을 연습하는 것도 중요하다.

분노를 다루는 방식에는 여러 가지가 있다. 먼저 '나는 지금 화가 났다'를 인식한다. 두 번째는 그것에 즉시 반응하지 않고 잠시 숨을 고른다. 세 번째는 분노 뒤에 있는 2차 감정, 예를 들면 '속상한 마음'을 상대를 비난하지 않고 표현한다. "당신의 말에 속상했어." 이렇게 적당하게 조절된 분노는 자신을 보호할 기회가 되고, 관계가 잘 유지되는 방향을 제시해 주기도 한다.

두려움

두려움은 본래 생존 본능에서 비롯된 감정이다. 원시 시대 때 인간이 맹수나 위험한 환경으로부터 살아남을 수 있게 위험을 감지하고 피하도록 알려주는 경고 신호였다. 지금은 맹수를 만날 일은 거의 없기에, 우리 삶에서 일어나는 모든 심리적 위협 앞에서 보호의 역할을 하는 게 바로 두려움이다.

우리가 주로 겪는 두려움에는 두 종류가 있다. 첫 번째는 학습된 두려움이다. 예를 들어 과거에 사람들 앞에서 발표하다가 머리가 새하얘져서 제대로 얘기하지 못하고 내려온 경험이 있다고 하자. 이렇게 과거의 경험으로 인해 생긴 걸 학습된 두려움이라고 부른다. 두 번째는 상상된 두려움이다. 우리는 아직 일어나지 않은 미래의 일을 걱정한다. 이렇게 실패하면 어쩌나 생각하며 불안해하는 게 바로 상상된 두려움이다.

그렇다면 두려움을 극복하는 방법은 무엇일까? 나는 '다르게 행동하는 것'이라고 말하고 싶다. 두려움은 내가 약한 사람이라서 만들어진 게 아니라, 나를 보호하기 위해 찾아온 감정임을 먼저 받아들이자. 그렇게 몸과 마음이 두려워하고 있는 것을 눈치채준 뒤 이전과는 다른, 걱정과 불안과는 다른 미래를 만들기 위해 작은 행동 하나를 실천해 보자.

사실 그 작은 행동 하나를 실천하는 데 큰 용기가 필요할지도 모른다. 하지만 모든 감정은 인정하고 움직여 나갈 때 비로소 통제된다. 심리학자 윌리엄 제임스는 이렇게 말하기도 했다. "우리는 도망치기 때문에 두려운 것이 아니라, 두려워하기 때문에 도망치는 것이다."

나도 과거에 무대 공포증이 있었다. 사람들의 소리가 귀에서 윙윙거리며 시야가 흐려지는 등 꽤 심했다. 그래서 사람들 앞에서는 행사 제안을 몇 번 거절하기도 했는데, 어쩌다 하게 된 행사에서는 약국에서 청심환까지 사 먹었지만, 손에 땀을 줄줄 흘리며 했던 이야기를 또 하기도 했다. 하지만 나는 몇 년 전부터 제안을 거절하지 않아도 되는 강연자가 되었다.

어느 날 강연 진행 도중, "너무 긴장되네요."라고 말해버렸다. 그런데 사람들이 웃으며 손뼉을 쳐주는 게 아닌가. 이상하게도 그렇게 솔직히 고백하고 난 뒤에는 말하는 데 여유가 생겨, 남은 이야기를 다 전달하며 무사히 마치는 경험을 했다. 이런 경험이 생기고 나니 그다음부터는 애초에 긴장을 덜 하기 시작했다. 그리고 "오늘도 제가 긴장을 했는데요."라는 말은 이제 강연 시작 때 항상 얘기하는 고정 멘트가 되었다.

그 경험은 내게 큰 성취감을 안겨주었고, 학습된 두려움과 상상된 두려움을 동시에 극복하며 내 자리가 만들어진 곳에서 당당히 하고 싶은 말을 전하고 올 수 있는 사람이 되었다. 이런 일뿐만 아니라 일상에서도 나를 두렵게 만드는 순간은 계속 생겨날 것이다. 하지만 그때마다 두려움을 통제한 경험이 나를 지켜줄 거란 걸 알기에, 두려움이 찾아오는 게 더는 두렵지 않다.

수치심

백화점에서 쇼핑하는 게 일상이던 우리 가족은, 집안이 쫄딱 망하고 나서 원하는 것을 원하는 순간에 살 수 없게 되었다. 하지만 한참 성장 중이던 시기라 계절에 맞는 옷과 신발은 꼭 필요했으니, 할머니가 택한 건 구제 옷 가게였다. 지금은 예전에 유행하던 스타일의 옷을 찾으러 너도나도 빈티지 가게를 찾지만, 당시에는 시장 안에 헌 옷을 파는 조그마한 가게들에 불과했다. 하지만 어린 나는 그곳에 가면 친구들이 입는 브랜드의 옷과 신발을 저렴한 가격에 가질 수 있어서 좋았다. 그렇게 할머니와 시장에 장 보러 갔다가 구제 옷 가게에 들르는 게 우리의 일상이 되었다.

그날도 할머니와 새로 들어온 옷들을 한창 구경하고 있었다. 그런데 익숙한 목소리와 뒷모습이 보였다. 엄마가 부르는 소리에 뒤를 돌아보며 나와 눈이 마주친 건, 같은 반 친구였다. 20년은 된 기억이지만 생각난다. 그 가게 안에서 마주하게 된 우리의 표정을. 당황한 친구가 먼저 엄마에게로 달려가고, 나도 할머니 뒤로 숨으며 그만 집에 가자고 했다. 왠지 내가 그 친구보다 먼저 그 가게에서 나가야 할 거 같았다. 영문을 모르는 할머니는 손에 든 옷들을 내 몸에 대보며 어떠냐고 물었지만, 내 눈에는 아무것도 들어오지 않았다.

휴스턴대학교 교수이자 작가인 브레네 브라운은 이렇게 말했다. "수치심을 느끼는 순간, 우리는 진실을 마주한다." 그렇다. 나는 그날 그곳에서 헌 옷을 입는 내 현실을 들키며, 수치심을 느꼈다. 그리고 웃프게도, 그 친구도 나와 같이 헌 옷을 사 입는다는 사실은 생각하지 못한 채 그저 우리 집이 가난하다는 걸 들킨 것만을 부끄러워했다. 집에 돌아가서도 '혹시 학교에서 오늘 일을 얘기하는 건 아니겠지?'라는 생각을 하며 잠들었던 기억이 난다. 지금 생각하면 웃으며 말할 수 있는 사춘기 소녀다운 일상이다. 하지만 당시의 나는 정말 심각했다.

이렇게 수치심의 근원은 '보이는 게 두려운 감정'이다. 인간은 본래 존재를 노출하기 두려워한다. 타인에게 어떻게 평가받을까에 대해 불안해하기 때문이다. 그래서 우리는 자신의 엄청난 콤플렉스나 비밀을 드러내는 용기 있는 사람들을 부러워한다. 아니 사실은, 숨기는 게 아니라 당당하게 드러냄으로써 있는 그대로 존중받고 사랑받는 걸 부러워한다. 누구나 있는 그대로의 자신을 받아들여 주길 바라는 인정 욕구를 가졌기 때문이다. 하지만 보여주기도 전에 이건 안 될 거라며 숨기는 경우가 많다. 그건 나 자신조차도 있는 모습 그대로 인정하고 사랑하는 걸 못하고 있어서다.

타인의 시선을 과하게 신경 쓰고, 내가 어떻게 비칠지 두려워 본 모습을 숨기는 사람들이 많다. 그렇게 자신이 만든 가면을 쓰며 살아가다가 나중에는 진짜 어떤 게 자신의 본모습인지 잃어버리곤 한다. 그러다 결국엔 자신을 잃고 나서야 스스로가 어떤 사람인지 궁금해한다. 그리고 본래의 자신을 되찾으려고 노력한다. 생각해 보면 나에게도 이런 과정이 있었다. 나 같은 경우는 위에서 얘기한 사춘기 때 일화 같은, 수치심을 느낀 에피소드들을 주변 사람에게 털어놓았다. 부끄러워했던 내 모습과 생각, 감정을 솔직하게 드러내기 시작한 것이다.

그러자 신기한 일이 일어났다. 내 얘기를 들은 사람들이 공감해 주며 그런 얘기를 그렇게 기억해서 솔직하게 말할 수 있는 게 멋지다는 칭찬을 건네는 게 아닌가. 그때 깨달았다. 수치심을 극복하는 방법은 취약함을 용기 있게 드러내는 거란 걸. 자신을 숨기지 않고 '나도 부족하다'고 말하며 있는 그대로 노출하는 순간, 나로 살아갈 용기를 얻을 수 있다는 걸 말이다. 물론 이후에도 다른 종류의 수치심이 생겨나기도 했다. 꼭꼭 숨기다가 누군가 그 수치심을 눈치채 잠깐 들추기라도 하면 공격적으로 변한 경험도 있다.

하지만 그건 잠시, 시간이 지나면 숨기고 싶은 부분이 있다는 사실보다 그걸 들켰을 때 당당하지 못한 나 자신이 더 부끄럽다는 생각이 들었다. 그래서 그때부턴 타인이 나를 어떻게 평가하든 있는 그대로의 나를 말하고 보여주기로 결심했다. 만약 누군가 그런 내 모습을 부정한다면, 솔직한 내 모습 자체를 마음에 들어 하지 않는다면, 내 인연이 아니라고 생각하면 되니까. 그렇게 진짜 나를 드러내며 맺는 관계들로 인해 나는 진정한 만남을 할 수 있는 사람으로 성장했다.

행복

내가 깨닫고 싶었던 건, 행복이 감정인지 아니면 상태인지에 대한 답이었다. 어느 정도 지속되는 다른 감정에 비해 행복은 유독 찰나였기 때문이다. 지금은 그 답을 찾았다. 행복은 단순한 기분이 아니라, 삶 전체를 조화로운 방향으로 이끄는 것이다. 긍정심리학에서는 행복의 5요소를 다음과 같이 정의한다. 긍정적 감정, 몰입, 관계, 의미, 성취. 이것만 봐도 행복이 단순히 기분 좋은 상태가 아니라, 삶이 가치 있다고 느끼는 감각이라는 걸 알 수 있다.

고통을 겪은 사람일수록 행복을 더 잘 인식한다는 말이 있다. 나는 삶에서 느낀 수많은 불행을 통해 행복이 여러 결로 다양하게 찾아온다는 걸 알게 됐다. 행복은 어떠한 증명이 아니다. 추구하려 애써야 하는 것도 아니다. 잡아서 곁에 둘 수 있는 것도 아니다. 행복은 보관이 아닌 유지다. 그래서 나는 지금 '온기가 어린 평범한 일상의 지속'을 행복이라고 여기고 있다.

행복하지 않다고 말하는 사람들의 이야기를 가만히 들어보면, 행복에 대해 많은 걸 착각하고 있다. 과거의 나 또한 그랬다. 그때 나에게 행복이라는 단어에 대해 정의를 내리라고 하면 '남들에게는 쉽게 찾아오지만 내가 가지기는 어려운 것'이라고 표현했을 테니까.

행복은 객관적으로 생각하기보다는 자연스레 타인과 비교하게 된다. 다른 사람들은 못해도 80은 가지고 있는 거 같은데 나만 20 아래를 도는 것 같은 그런 기분을 한 번쯤 느껴봤을 것이다. 하지만 그 사람의 어두운 면을 우리는 알지 못한다. 밝은 면은 쉽게 꺼낼 수 있지만, 나머지의 시간이 얼마나 어두운지는 각

자만 알고 있는 것이다. 내가 보는 그 사람의 행복 수치를 정작 상대방 본인은 동의하지 못할 가능성이 크다는 말이다.

행복한 척 보이기는 쉽다. 그래서 부러워하기도 쉽다. 하지만 누구에게도 행복이 그냥 쉽게 널려있지는 않다. 어떤 마음을 가지고 어떤 시선으로 세상을 보는지에 따라 가질 수 있는 행복의 양은 천차만별로 달라진다.

그러니 누군가와 비교해서 내 행복은 너무나 작고 보잘것없는 하찮은 것이라고 생각하지 않아도 된다. 그런 생각과 마음을 버리는 순간, 사소한 행복을 발견할 수 있다. 물밀듯 들어오는 행복을 결국 내가 찾았고, 곁에 두기로 마음먹었다는 것 또한 알게 될 것이다.

제자리를 찾는다는 것

오늘 새벽, 제주 한달살이를 마치고 본가인 대전으로 돌아왔다. 캐리어 속 짐을 다 풀기도 전에 오전 수업을 하고 일주일에 세 번은 족히 보던 언니가 일하는 카페에 와서 글을 쓰기 시작했다. 낯선 것은 없다. 나는 제자리로 돌아왔으니. 다시 이곳에서 해야 할 일과 하고 싶은 일을 하며 지낼테니. 이건 제자리의 뜻 중에 '본래 있던 자리'에 해당하는 이야기다.

제자리라는 명사의 뜻 중에는 '위치의 변화가 없는 같은 자리'도 있다. 우리가 흔히 말하는 제자리걸음을 예로 들 수 있겠다. 나는 주변에 제자리 뛰기를 하는 사람을 자주 보는데, 뜻으로 풀어보면 위치의 변화가 없을 뿐 심경의 변화는 있는 게 당연하다고 그들에게 자주 말해준다. 나 또한 때로는 제자리 뛰기를 열심히 하는 사람이니.

제자리의 마지막 뜻은 '마땅히 있어야 할 자리'이다. 사람들이 가장 본질적으로 궁금해하고 찾고 싶어하는 부분이라 생각한다. 내가 응당 있어야 하는 곳은 과연 어디인가, 그 자리로 가기 위해 먼저 가야 하는 곳은 어디인가에 대해 끊임없이 고민하는 것이다. 그렇게 우리는 결국 평생 제자리를 찾으며 살아간다.

이렇게 자신이 있어야 하는 자리를 아는 것과 있고 싶은 자리에 머무르는 것 자체를 누구는 꿈이라고, 누구는 행복이라고 부를 수 있겠다. 그러니 누군가가 제자리를 찾아가는 것을 응원한다는 말은 곧 그의 꿈과 행복이 이루어지길 바란다는 뜻이기도 하겠다. 그래서 나는 모두의 제자리 찾기를 열렬히 응원하며, 오늘도 나의 제자리에 머무른다.

외로움

"인생 어차피 혼자야."

어릴 땐 이 말을 하는 사람을 이해하지 못했다. 시간이 좀 흐르고 난 뒤에는 이제 내가 저 말을 하고 다녔다. 그보다 시간이 더 흐른 지금, 너무도 당연한 이야기라서 더는 저 말을 할 필요가 없어졌다.

사람은 원래 외롭다. 살아 있기에 외롭고, 앞으로 살아가야 하기에 외롭다. 가끔 그 외로움을 누군가와 공유하고 서로 공감할 수 있지만 결국 근본적인 외로움 자체는 내면에 존재하는 것이기에, 사라지지 않는 게 맞다.

나는 예민한 기질을 타고났고, 감정 기복도 있는 편이다. 그래서 그로 인한 영향을 타인에게 주지 않으려고 자주 고립을 택했다. 그러다 보니 외로움을 혼자서 글로 풀어내는 일이 잦았다. 유독 외로움에 대한 생각이 깊었던 해에는《우리는 모두 외로운 사람들이기에》라는 책도 냈다. 그 과정에서 외로움은 나자신을 똑바로 마주 보게 해주었고, 그 글들은 나를 비추는 거울과 같다는 걸 깨달았다.

아무런 방해 없이, 늘 쥐고 있던 스마트폰도 없이, 온전히 자신에게 집중하는 시간이 있는지 물어보면 그런 시간은 거의 없다는 대답이 돌아온다. 그도 그럴 것이 버스나 지하철, 기차, 비행기 등 내가 자주 타는 어떠한 교통수단에도 창밖을 보며 생각에 잠겨 있는 사람은 없었다.

나는 창밖을 보며 사색에 잠길 때면, 늘 근본적인 외로움과 마주했다. 왜 이렇게 외로울까, 이렇게까지 외로워도 되나, 지금 이걸 누군가에게 얘기하면 내 마음을 조금은 이해해 줄까, 이런 생각을 하는 날들도 있었다. 그걸 가지고 내려 집까지 늘 끌고 갔다.

하지만 어떤 때에는 조금 가볍게 내리는 나를 발견한 날도 있었다. 그때 알게 된 것은, 나 자신을 진심으로 들여다보고 생각을 느끼면 외로움이 조금은 덜어내 진다는 거다. 그래서인지 그날의 발걸음은 다른 날보다 더 가벼웠다.

외로움을 견디지 못해 많은 종류의 안타까운 선택을 하는 사람을 종종 발견하게 된다. 지금 이 순간에도 어디선가, 누군가는 깊은 외로움으로 고통스러워할지도 모른다. 그런 사람들은 외로움을 너무 자주 마주했기 때문이라는 생각이 든다. 그리고 사실은 사람이 그리운 게 아니라, 자신을 이해해 줄 누군가가 그리운 것일 수도 있다.

현재 누구와도 닿을 수 없는 상황이라고 해도 괜찮다. 모든 관계와 멀리 있는 밤, 당신에게 말을 거는 존재인 바로 당신이 있을 거니까. 외로움은 자연스럽게 깊은 자기 인식과 사색의 기회를 준다. 그 시간은 오로지 자신과 함께하는 시간이라고 생각하자.

외로움은 인간의 감정 중 가장 오래된 것이다. 뿌리쳐도 발목을 잡고 쫓아와 어느새 존재를 드러낼 것이다. 살면서 피할 수 없는 고통이라면 가끔은 진심으로 마주해보자. 아주 잠깐 위안이 된 것 같다가, 외로움이 더 큰 파도처럼 밀려오게 하는 것은 당신에게 정답이 아니다.

외로움을 안고 평생을 사는 자신을 존중해주자. 외면하지도, 뿌리치지도, 일부러 고립되지도 않았으면 좋겠다. 온전히 마주본 뒤에야 다음 단계로 건너갈 수 있는 법이니까.

우울

우울은 요즘 시대에는 청춘을 설명하는 단어 중 하나라고 말할 수도 있겠다. 청춘들이 유독 우울해하는 이유는 뭘까? 가장 찬란한 시기에 빛줄기가 새어 들어오는 일이 흔하지 않기 때문일까. 겨우겨우 살아내야만 원하던 것 중에 일부의 결과만 얻을 수 있기 때문일까. 청춘들의 우울함에는 정답이 없다. 모두 저마다의 이유로 어렵고 힘들다. 그 와중에 비슷한 고민을 가진 사람끼리 모여 서로 공감하고 위로한다. 이것마저도 없었다면 우울함이 자신만의 것으로 느껴지며 더 깊은 늪으로 빠졌을 것이다. 아름다운 것을 보고 싶어 가는 모든 곳에 늪이 많다. 그게 아름다운 청춘들이 겪는 세상이다. 지독하고 혹독하고 엉망인 곳, 가끔은 살아있길 잘했다는 생각이 들 정도로 아름다운 풍경이 있는 곳.

그들이 세상을 아름답게만 볼 수 없었던 이유, 그 다양한 우울을 상담과 수업을 통해 만날 수 있었다. 어떤 사람은 내가 한 번도 생각하거나 겪어본 적 없는 일을 우울의 이유로 말했고, 어떤 사람은 나와 너무도 비슷한 상황과 감정을 토로하기도 했다. 비슷한 듯 다르고, 다른 것 같지만 비슷했다. 상담을 하며 나는 적어도 이 말은 해줄 수 있었다. 극심한 우울함이 찾아오는 이유가 자신이 나약해서도, 우울하지 않을 방법을 찾지 못해서도, 원래 그런 사람이라서도 아니라고. 한 계절처럼, 어떤 날의 날씨처럼, 자연스럽게 떠나고 바뀔 감정이라고 말이다.

저마다 다른 일을 겪으면서도 비슷한 우울을 앓는다는 것은, 삶의 어떤 어려움이라도 결국 시시때때로 우울을 가져올 수 있다는 뜻이다. 나도 이유는 다르지만, 그 늪에 빠져서 오랫동안 헤어 나오지 못했다는 것 자체로 그 사람의 우울을 이해할 수 있다. 그런 의도로 상담과 치유 글쓰기 수업을 진행했고, 그 과정에서 나 또한 우울에 대한 다양한 이유와 원인, 깊이를 통해 나 자신을 이해하며 성장할 수 있었다.

　모두 자신의 상처가 가장 아프고 내 우울이 가장 깊다고 생각할 수 있다. 다른 사람 손에 박힌 가시를 보며 '아프겠다'라고 짐작하며 공감하는 것과 내 손에 박혀 빠지지 않는 가시를 매일 보는 건 다를 수밖에 없으니까. 하지만 다른 사람의 우울을 지켜보고 이해하며 내 손에 가시가 덜 아파 보일 수는 있다. 무슨 수로도 빼낼 수 없었던 가시가 빠지는 날에는 우울한 감정이 나만의 것도, 평생을 가는 오랜 친구도 아니라는 것을 알게 될 테니 말이다.

　다시 어느 날, 어떤 이유로 우울이 찾아오고 늪에 빠지더라도 우리는 삶에서 이미 너무도 아름다운 황홀한 풍경을 보았다. 가시가 빠진 손에 다시 어떤 가시가 박혀도 그게 빠지기 전까지 어떻게 지내야 하는지 경험을 통해 배웠으니 괜찮다. 오래 슬퍼하는 동안에도 삶은 흐르고, 풍경은 여전히 멋질 테고, 박힌 가시가 빠지길 기다리는 사람은 많을 것이다. 그저 참고 기다리라는 말을 하고 싶은 건 아니다. 기다리든 기다리지 않든 우울이 영원히 당신의 것은 아니다.

실망

바라던 대로 되지 않을 때, 우리는 실망한다. 그 실망감은 화로 변하거나 상처로 변하기도 하며 사람 사이를 멀어지게 한다. 자신에게 실망한 경우에는 자신과 멀어지고, 타인에게 실망한 경우에는 그 당사자뿐만 아니라 사람 자체와 멀어지기도 한다.

그렇게 사람에게 실망한다는 것, 그리고 실망한 사람에 대한 책임이 어디에 있는지에 대해 오랫동안 생각해 왔다. 누군가에게 내가 느낀 감정을 똑같이 느끼게 하고 싶어서 어리석은 말과 행동을 한 적이 있고, 누구나 살면서 한 번쯤은 그런다는 사실이

가끔 나를 안도하게 했다.

그렇다고 해서 내가 했던 어리석은 말과 행동이 정당화되는 것은 아니다. 속상하고 상처받은 마음이 그렇게 시킨 거라며 애써 변명을 해봐도, 그건 말 그대로 어리석고 바보 같은 짓이었으니까. 실망했다고 실망시키고 싶어 하는 마음, 상처받았다고 상처 주고 싶어 하는 마음. 그 모든 감정을 다스리는 것은 참 힘들다. 그러지 말아야 한다는 걸 알고 있기에 더 괴롭기도 하다.

하지만 실망한 사람에 대한 책임은 자신이 짊어져야 한다. 나에게 실망한 것이든 타인에게 실망한 것이든 그 과정에서 실수가 있을 수 있고, 애초에 실망할 일에 기대를 건 것일 수 있음으로. 하지만 끊임없이 성장해 나가는 사람은 처음부터 정답을 알고 있지 않다. 정말 실망할 수 있는 일에 실망한 것인지, 애초에 실망할 일이었는지 구분하는 것은 그 모든 일이 한참 지나고 나서야 가능하다.

그래도 그렇게 구분할 수 있다는 것에 또다시 안도하며, 나를 마음 편하게 만드는 방법이 결국 모든 책임을 자신이 직접 지고 가도록 하는 것이라는 걸 또 한 번 되새긴다. 물론, 그걸 매일 하게 되는 시기도 있다. 누구의 탓도 하고 싶지 않아서, 모든 감정을 얼른 보내버리고 싶어서 얼른 꽁꽁 싸매고 다른 이유로 이름을 붙여 보이지 않는 것으로 치부하는 것이다.

그렇게 해서라도 실망한 마음은 보내버리는 게 낫다. 그 이름이 원래 무엇이었든 보내줘야 다른 감정이 온다. 마음과 마음 사이에 끼어들어 다른 생각을 할 수 있도록 만들어준다. 새롭게 환기될 수 있도록 보내주는 것, 실망이라는 감정 같은 건 꼭 그렇게 하자. 그러니까 엄밀히 말하자면 실망한 사람에 대한 책임은 실망시킨 사람에게 있지 않은 것이다.

있어야 할 건 전부 우리 마음속에 있다. 외부에서 허락도 없이 들어온 것은 본래 우리 마음이 아닌 경우가 많고, 그걸 시간이 지나면서 깨닫게 되는 과정도 결국 어른이 되기 전에 꼭 필요하다. 함부로 나를 내쳤던 감정에게 이제 그만 가라고 등 떠밀기보단, 천천히 떠나가라고 이야기하자. 그래야 바라던 대로 된다.

결국 내가 바라왔던 게 진정 무엇이었는지 깨달았을 때, 우리는 모두에게 실망했던 마음을 거두고 새로운 감정의 씨앗을 뿌린다. 그때 건강하게 쑥쑥 자라는 것처럼 느껴지는 것이 바로 원래의 마음이다. 오래 실망하지 말자. 살아가는 동안 다시 실망할 일, 말, 상황, 사람, 사랑은 수도 없이 생겨나겠지만 그것 또한 우리 삶의 일부분이라 보내주고 다시 새로운 것을 바라며 살아야 한다는 것을 잊지 말자.

질투

질투심이 동력이 되어줄 때도 있었다. 비교 대상을 뛰어넘었다는 생각이 들 때 찾아오는 기분에 만족스러워 웃곤 했다. 하지만 뭐든 과하면 일을 그르치게 된다는 것, 그 안에는 질투가 있었다. 좋아 보이는 것들을 갖고 싶었고, 더 많이 가져야 이기는 것 같았다. 그렇게 생각하다 보니 이미 가지고 있는 것보다 가지지 못한 것에 더 초점이 맞춰졌다. 불행은 그런 것에서 오는 거였다.

한때는 행복해 보이는 것에 집착하기도 했다. 매일 마음은 시끄러운데 바깥으로는 평화로워 보이고 싶었다. 사랑받는 사람처럼 보이고 싶었고, 현재에 만족하는 사람처럼 보이고 싶었다. 그러다 보니 지나치게 타인을 의식했다. 현실과는 다른 나를 계속 만들어내고 있었다.

부러워하는 사람들로부터 우쭐함도 느꼈지만, 그건 잠시였다. 나 자신이 당당하지 못했기 때문이다. '내가 행복하지 않은데, 사람들이 내가 행복하다고 생각하는 게 왜 중요할까?' 스스로에게 던지는 그 질문에 대답하지도 못했다. 그제야 비로소 알 것 같았다. 내가 답하지 못하는 질문 자체에 답이 있다는 걸.

누군가의 부러움이 내 행복의 척도가 될 수는 없다. 잠깐의 우쭐함이 지속 가능한 자신감을 심어주는 것도 아니다. 그러니 밑바탕에 있는 질투심부터 나를 향한 사랑으로 바꾸는 일이 필요했다. 그 이후부터는 반짝하고 말 것에 에너지를 쏟지 않게 되었다. 누군가 부럽다는 생각이 들어도 잠시였다. 나는 다시 내가 가야 할 곳에 집중했다.

불안

내가 자주 느끼던 불안은 두 가지다. 미래에 대한 걱정과 존재 자체의 위태로움. 열심히 살면서도 일이 잘못되고, 내가 무언가를 그르칠까 봐 두려워했다. 그러다 보니 작은 것 하나에도 쉽게 흔들렸다. 그때 알았다. 내가 바로 서 있지 못하면, 바람이 더 세게 부는 것처럼 느껴진다는 걸.

그래서 그다음부터는 흔들리지 않고 제자리에 곧게 서 있는 사람이 되고 싶었다. 마음은 아직 무르면서, 흔히 말하는 센 척도 해보았다. 하지만 그건 말 그대로 척에 가까웠기 때문에 이

내 소용이 없었다. 작은 것에 흔들리지 않으려면, 먼저 내면이 단단한 사람이 되어야 했다.

항상 불안했던 이유를 적어보았다. '나는 내가 못 미더워요.' 라는 말이 나왔다. 스스로에 대한 믿음을 바탕에 두지 못하고 살아갔던 거다. 그때부터는 나를 믿어주기로 했다. 내가 어떤 단점, 상처, 결핍을 가지고 있든 나 자신과 평생 함께 가야 하니까 그 믿음은 나로 사는 데에 분명히 필요한 거였다.

그렇게 나를 믿고 나아가다가도 물론 다시 흔들리는 시기는 찾아온다. 그럴 때 내 의지가 약해서라고 탓하기도 했다. 하지만 반대로 생각해 보면, 나는 그저 잘 살고 싶은 마음이 큰 사람이었다. 그래서 그렇게 있는 그대로의 마음을 존중해주기로 했고 이내 불안은 떠나갔다.

답답함

답답함은 하나의 감정이 아닌 불안, 분노, 무력감, 상실감 등이 뒤섞여 나타난다. 이유 없는 답답함은 없으며, 주로 '상황이 내 뜻대로 되지 않을 때' 느껴진다. 불교에서는 답답함의 원인을 집착 때문이라고 본다. 실제로 우리는 너무 많은 것에 집착하며 산다. 하지만 가지지 못해서 불행한 게 아니다. 이미 가진 게 많은데도 만족하는 마음 없이 다른 걸 또 찾고 있기에 불행한 것이다.

그럴 때는 내가 왜 그것을 원하는지에 대해 생각해 봐야 한다. 이유 없는 갈망은 없다. 생겨난 감정은 해소해 줘야 다음 단계로 건너갈 수 있다. 그러니 마음이 답답하다면 내가 무엇에 집착하고 있는지를 생각해 보길 바란다. 실체 없는 것과 싸우고 있는 건지, 허상이 아닌 현실적인 부분에 대한 해결이 필요한지, 근본적인 원인 파악이 가장 먼저 이루어져야 하는지 판단해 보는 거다. 그렇게 다 종합적으로 생각해 봤을 때 무엇에 집착하는지, 즉 답답함의 진짜 이유를 찾아낼 수 있다.

원하는 게 있으면 그쪽으로 끌린다. 마음이 먼저 반응해 시선이 가고 말이 뱉어지고 손을 뻗게 된다. 하지만 마음과 몸이 다가가는 동안 내가 무엇에 끌린 건지 생각해 보는가? 보통 그렇지 않다. 본능에 맡긴다. 거기서 이미 1차적인 파악에 실패한다. 답답함이 찾아올 수 있는 환경 자체를 조금은 통제해 보면 좋겠다는 말이다. 그러려면 나 자신과 계속 소통해야 한다. 이 끌림에만 모든 감정을 맡겨서는 안 된다.

나는 집착할 만한 가치가 있는 것인가 따져보는 일도 많이 했다. 나의 소중한 에너지를 지나치게 들이며 욕심을 부리고 있지는 않은가 생각해 보는 거다. 이성이 필요하다. 오로지 나를 위한 판단을 하기 위해서는 무분별하게 받아들이는 태도를 경계하는 게 좋다. 욕심이 아닌 것 같아 선택했어도 괜찮다. 다시 돌아올 수 있다. '나에게는 필요 없음을 알게 되는 것 자체'가 중요하다.

아무런 선택 없이 뜻대로 되지 않는 상황에 놓일 때도 있다. 어쩌면 그때 가장 큰 답답함을 느낄지도 모르겠다. 하지만 선택권 없는 선택 뒤에는 반드시 선택지가 생긴다. 이미 일어난 일 다음에 일어날 일은 내가 정할 수 있다는 뜻이다. 어쩔 수 없는 것을 뒤로 하고, 내 선택으로 상황을 다시 바꿔보자. 후회가 두려워 갈팡질팡할 수도 있다. 하지만 그 흔들림은 별로 중요한 게 아니다.

다음 선택을 어떻게 하는지가 가장 중요하기 때문에 거기에 집중하면 된다. 나는 그때마다 '오히려 간단하네.'라고 생각했다. 앞에 어쩔 수 없는 선택이 별로였기 때문에, 뒤에 더 나은 선택을 할 수 있게 되었기 때문이다. 그렇게 받아들이고 오로지 자신을 위한 다음을 선택할 때, 우리는 성장한다.

고민과 선택에 빠진 우리들에게

가끔 심심할 때 하던 게임의 알림이 스마트폰 액정 위로 보였다. 그날따라 유독 더 눈에 띄던 말. '조금 더 달리면 보상을 받을 수 있어요' 그 말에 지금 나의 모든 상황을 대입해 보았다. 그리곤 생각했다. 나에게는 위로가 필요할까, 해결책이 필요할까. 물론 그 선택은 반드시 직접 해야 하는 일이라 혼자 고민해 보는 시간이 더 길어질 수밖에 없었다.

내가 내린 결론은, 나에게 진정 무엇이 필요한 것일까 고민하는 시간은 고통스럽지만 그 자체로 귀하다는 것이다. 나만의 정답을 알아가고 찾아가는 시간이니까. 그렇게 온전히 나 자신을 위한 고민을 한다는 것에 초점을 맞추다 보면, 고통에서 한 발짝 벗어나 내가 나를 얼마나 섬세하게 걱정하는지도 알 수 있으니까. 좋아하는 이의 고민을 들어주고 함께 고민해 주듯 제삼자의 모습으로 자신의 시행착오를 바라봐주는 시선은 분명 보배롭다.

그러나 한 친구는 나에게 이렇게 말했었다. "나는 내 결정을 쉽게 번복하는 멍청이는 되지 않을 거야!" 과거의 나도 그 친구와 비슷한 생각을 했던 기억이 난다. 그렇게 오랜 시간 고민해 놓고 이제와 바꾼다는 사실을 용납할 수 없었다. 하지만 그렇게 오랜 시간 고민했던 건 나를 그만큼 깊이 생각하고 있다는 뜻이었다. 마음속으로는 이미 선택을 내렸지만, 확정 짓기에는 아직 두려움이 컸을 뿐이라는 걸 알게 된 뒤로는 괜찮아 졌다.

그러니 나에게 지금 당장 필요한 것은 무엇일까 고민하는 것, 선택의 기로에서 어느 쪽에 조금 더 마음이 가 있는지를 눈치채는 것, 나 스스로를 위해 얼마나 완벽한 선택을 하고 싶어 하는지를 헤아리는 것, 거기까지 얼마의 시간이 걸렸던 조금이라도 더 자신을 위한 선택이 있다면 번복할 수도 있는 것, 그리고 그런 모든 시간 자체가 꼭 필요하다는 것을 깨닫는 것까지가 우리에게는 필요하다. 하지만 이 모든 과정을 사랑할 수 없는 것은 당연하다.

그럼에도 번뇌 속에 자신이 가진 인내심을 확인하는 것으로, 나 자신을 위하는 마음이 어느 정도인지 인지하는 것으로, 남들이 좋은 선택을 했다고 인정해 주는 칭찬이 필요 없음을 깨닫는 것으로 충분하다. 고민과 선택의 시간으로 고통받는 우리에게 있어서 시간은, 온전히 우리 편이다. 그러니 적어도 지금 당장 고민하는 것에 대한 고민은 버려도 좋다. 멈춰 있는 것처럼 보여도 자세히 보면 조금씩 나아가고 있는 게 고민에 빠진 우리 모습이니.

혼란

내가 느낀 혼란은 주로 믿고 있던 가치관이나 신념을 누군가 뿌리째 뽑으려고 하거나, 뽑아도 되는지 자신을 의심해 보는 시기에 나타났다. 그동안 옳다고 생각했던 나만의 가치관과 신념을 누군가 잡아 흔드는데 애초에 바꿔야 했던 것인지, 이 사람이 나를 이해할 수 없기에 자신의 생각이 더 옳다고 강력하게 주장하는 것에 흔들리는 것인지 알 수 없었다.

사실, 맞고 틀리고는 없다. 세상의 대부분이 그렇다. 다른 의견만 있을 뿐, 누가 맞고 틀린 지 토론하고 주장하고 부딪히며 내 생각을 바꾸거나 아니면 기존의 생각을 더 굳건히 하거나 둘 중에 하나인 것이다. 그렇다면 믿고 있던 가치관과 신념이 흔들 릴 때 어떻게 하면 좋을까?

상대방이 맞았다고, 내가 잘못된 생각을 가지고 있었다고 바로 인정할 필요도 없고 나를 잡고 흔드는 상대방의 생각은 무조건 틀린 거라고 무시할 이유도 없다. 기존에 가지고 있었던 나의 가치관과 신념을 바탕으로 상대방이 나를 흔들리고 있는 이유와 그 내용에 대해 다시 한번 생각해 보면 된다.

상대방의 생각이 모두 이해가 간다고 해서 똑같은 생각으로 살지 않아도 된다. 그렇기 때문에 나를 잡아 흔들려는 의도를 먼저 파악한 후에 적당한 대처를 하면 된다. 나의 가치관과 신념의 뿌리가 얼마나 깊은지에 따라 아마 흔들리는 정도가 다를 것이다. 더 많이 흔들린다고 해서 내가 가진 가치관과 신념이 하찮은 게 절대 아님을 알고 마음을 더 굳건히 하면 된다.

나만 맞다고 생각하며 살면 안 되지만 외부에서 다양한 압박이 들어올 때 무조건 내가 틀렸을 거라며 서둘러 주눅 들지 않아도 된다. 세상이 맞다고 외치는 것들을 가진 것에 적당히 섞어 자신을 당당히 말할 수 있는 사람이 되길 바란다.

긍정

나는 워낙 염세적인 사람이라 세상을 바라보는 시선이 조금은 삐뚤다 보니, 예전부터 부정적이라는 말을 많이 들어왔다. 내 성격이 많이 변했다고 말하는 건 아주 오래전부터 나를 봐왔던 사람들인데, 언젠가부터 더는 거세게 부정할 감정이 남아있지 않다는 생각이 들어서였다.

부정적이라는 것은 모든 것에 비관적으로 반응하며, 자기방어를 위해 먼저 나쁜 쪽을 생각하는 성향이다. 그렇다면 반대로 긍정적인 사람이 되기 위해서는 나에게 다가오고 주어지는 모든 것을 부정하지 않고 있는 그대로 생각해 보면 되는 것이다. 그리고 '그다음에 방어를 하든지 하자'라는 나의 생각은 일상에서 제법 많이 통했다.

물론, 그렇게 생각을 바꿨다고 갑자기 긍정적인 사람이 된 것은 아니었다. 가끔 또 방어를 위해 부정할 것을 찾곤 했다. 하지만 그때마다 부정적인 생각을 하는 나의 모습이 마음에 들지 않았다. 무작정 부정적으로 생각하며 일어나지 않은 일까지 애써 부정하는 사람이 아닌, 보통의 생각을 하고 싶었다. 여기서 보통의 생각이란 꼬이지 않은 걸 말한다.

상대방이 어떤 의도로 말했든, 내가 나쁘게 들으려면 얼마든지 나쁘게 들을 수 있다. 그 내용을 곡해하고 부정적으로 해석해서 그 사람과의 관계까지 망칠 수 있다. 나 자신과의 관계에서도 마찬가지다. 자꾸만 부정할 거리를 찾아서 부정적인 생각을 전달한다면, 자신과 계속해서 멀어질 수밖에 없다.

오랜 시간 부정적인 사람으로 살던 나는 그렇게 나 자신을 알아가고 친해지며 개선할 기회를 매번 놓치고 있었다. 부정을 고집하다 보니 긍정적인 사람이 될 수 없었던 거다. 그렇다고 무작정 긍정적으로 생각하라는 것이 아니다. 그건 오히려 터무니없이 세상에 낭만을 갖는 사람처럼 보일 수도 있다. 좀 더 마음에 여유를 갖고 조급하지 않은 생각으로 가끔은 모든 것을 수긍해보자는 거다.

사실 특정 감정을 끌어내는 것보다, 아무 생각하지 않고 무엇도 느끼지 않는 게 가장 어렵다. 하지만 부정하려는 자세를 내려놓으면, 부정적인 생각보다는 있는 그대로 볼 수 있는 마음이 더 커지게 된다. 그때 거북하지 않은 긍정적인 생각을 마음에 살짝 들여놓으면 된다.

4부

알아내며 치유하는 법

애도
: 결과보다 흐름과 경험이 중요하다

미국으로 공부하러 갔다는 엄마는 사실 이 세상 사람이 아니었다. 가족 중 누군가 생각해 낸 그 말이 거짓말이라는 걸 알게 된 날부터 내 자아는 흔들리기 시작했다. 사춘기 때는 엄마가 돌아가신 이유가 화재 사고 때문이라는 걸 알게 됐고, 나에게 연년생의 동생이 있었다는 사실도 알게 되며, 그제야 외할머니 집에 갈 때마다 나를 보고 엄마와 똑같이 생겼다며 우는 할머니를 왜 마주해야 하는지 알 것 같았다.

그즈음 보증을 선 할아버지로 인해 우리 집은 경매로 넘어갔다. 얼마 안 가 할아버지가 중풍으로 쓰러지셨고, 내 주양육자였던 할머니는 집에 있는 시간보다 병원에 있는 시간이 점점 더 길어졌다. 그렇게 방치되기 시작한 나의 학교생활 또한 엉망이었다. 친하다고 생각한 친구 한 명에게만 얘기했을 뿐인데 어느새 반 전체가 우리 집이 한부모 가정이라는 걸 알게 되었고, 엄마 없는 애라고 놀림받던 기억도 난다.

그렇게 유년 시절 내내 보호받지 못하며 자란 나는, 마음 한편에 늘 혼란스러운 감정이 있었다. 가족 중 아무도 엄마 이야기를 하는 사람이 없었고 어떤 것도 설명해 주지 않았다. 더는 엄마가 보고 싶다는 말도 나오지 않았다. 내 주위에는 엄마 없이도 잘 크고 있는 것처럼 보이는 나를 향한, 어른들이 보내는 동정의 시선뿐이었다.

그때는 다 그럴 만한 이유가 있다는 말을 생각한다. 누군가에게는 최악의 대처가 누군가에게는 최선일 수도 있는 거다. 산 사람은 살아야 한다는 말처럼 우리 가족 모두 엄마와 동생의 부재를 뒤로 하고 그저 충실히 삶을 살아냈을 뿐이다. 그러나 나에게 무엇보다 애도가 필요했다는 사실을 안 뒤로는 가족을 미워할 수밖에 없었다.

하지만 기질적으로 예민하고 늘 또래보다 성숙한 생각을 했던 터라 미워만 하지는 못했다. 점차 시간이 흐를수록 가족의 입장도 이해가 됐기 때문이다. 그리고 정서적 거절과 사랑을 느낀 경험이 반복된 양육 방식 속에 자란 터라 일찍이 애증이 무엇인지 깨달으며, 이해되지 않는 가족을 사랑하는 마음만은 분명하다고 느꼈다.

애도는 한자로 슬플 애에 슬퍼할 도를 쓴다. 사람의 죽음을 마음껏 슬퍼하는 게 결국 애도인 것이다. 30대가 된 지금은 원망보다는, 우리 가족이 엄마와 동생의 부재에 대한 상실감을 공유했더라면 어땠을까 하는 안타까움이 더 크다. 우리 모두에게 그런 시간이 꼭 필요하다는 걸 알고 마땅히 슬퍼했다면, 많은 게 변했을 거로 생각한다.

15살 무렵 오래 아프던 할아버지가 돌아가시며 나는 본격적으로 애도를 준비했다. 당시에 가장 크게 도움받은 건 책이었다. 사랑하는 사람의 죽음을 맞이한 주인공이 나오는 책을 우연히 읽게 되면서 말로 설명할 수 없는 위로를 받은 기분을 느꼈기 때문이다. 그렇게 한동안 독서에 빠져 지냈다. 아버지는 다양한 장르의 책 읽기를 권했고 작가가 된 지금은 나도 그렇게 해야 한다는 걸 누구보다 잘 알지만, 당시에 문학은 나를 가장 잘 이해해 주는 친구였기에 나를 닮은 수많은 소설 속 주인공을 만나기 바빴다.

그다음은 영화에 빠졌다. 그중에 10번은 더 넘게 본 작품이 있는데, 바로 〈레옹〉이다. 엔딩크레딧이 다 올라가 화면에 아무것도 보이지 않을 때까지 나를 멈춰 있게 한 첫 영화기도 하다. 당시에 주인공 마틸다처럼 나도 10대 소녀였기에, 영화에 담긴 수많은 명대사와 그들의 감정을 다 이해하지는 못했다. 하지만 어째서인지 우울할 때마다 그 영화를 보게 됐다. 그리고 매번 다른 대사가 유독 더 와닿는 날이 있는가 하면, 어떤 날은 주인공의 죽음으로 끝나는 결말을 볼 자신이 없어 중간에 꺼버리기도 했다.

지금 와서 보면 당시 내 행동이 이해된다. 슬픈 결말을 맞이할 자신은 없지만 마음껏 슬퍼하고 싶던 나. 보통의 보호와 사랑을 받지 못했다는 생각이 일상의 화두였던 나. 그런 나에게 스스로를 사랑할 틈이 없던 두 사람이 서로를 사랑이라고 생각하는 과정과 사랑 아니면 죽음이라던 마틸다의 말대로 끝나는 엔딩은 긴 여운을 남길 수밖에 없었다.

소설과 영화 속 주인공들의 애도 과정을 지켜보고 그들이 어떻게 치유에 다다르게 되는지를 반복적으로 보며 현실을 살아가는 내 일상이 조금씩 바뀌었다. 내가 극복하고 나아가야 할 방향에 대한 깨우침이었다. 그렇게 읽고 보는 것을 반복한 뒤에 만나게 된 게 글쓰기다.

상처와 자기 방어

20대 초중반까지 나는 모든 사람과의 인간관계에서 어려움을 느꼈다. 원래 인간관계는 나이 불문 어렵다고 생각하지만, 당시 내 마음은 분노와 두려움으로 가득 차 있었기 때문에 지나치게 서툴렀다. 매번 상대가 나를 버릴까 두려워 먼저 밀어내는 행동을 하면 그런 행동은 더 이해받기 어려운 모습으로 비쳤고, 결국 죄책감과 자괴감을 느끼는 것으로 끝났다. 상대에게 정확히 무엇에 상처받았는지 설명하지 못한 채로 관계가 끊어질까 봐 먼저 사과하는 경우도 많았다.

또한 감정 표현은 하지만, 마음 깊은 곳에서는 '내 감정을 받아줄까?' 하는 두려움이 자리 잡고 있으니 관계에서 안정감을 느끼지 못했다. 어떤 관계 안에서든 이해받아야만 정서적 안정감을 느낄 수 있는 나는 계속해서 상대의 작은 반응에 과도하게 민감한 모습을 보였고, 그러다 상대가 조금만 냉담한 모습을 보이면 내가 잘못했거나 사랑받지 못한다고 느끼는 일이 반복됐다.

　시간이 지나서 알게 된 것은, 나는 단순한 공감이 아니라 감정적으로 온전히 받아들여지길 원하는 사람이었다. 그래서 평소에 논리적인 설명보다 우선 나를 있는 그대로 이해해 줬으면 하는 간절함이 늘 있었고, "그렇게 느꼈구나."라는 이해의 한마디가 없으면 존재 자체가 부정당하는 느낌까지 받았다. 이렇게 관계 안에서의 내 문제점을 파악하는 데에 20대 전부를 보냈다.

　그동안 내가 떠나보낸 사람도, 나를 떠나간 사람도 참 많았다. 많은 인연과의 만남과 헤어짐을 반복하며 스스로를 미워하는 마음은 계속해서 누적되고, 결국 피해의식이 생겼다. 피해의식은 자신이 부당한 대우를 받고 있다고 느끼는 심리적 상태인데, 치유되지 않은 상처가 모여 객관적 사실과 무관하게 스스로를 피해자로 인식하게 된 것이다.

피해의식이 생기고 나서는 타인의 말이나 행동을 쉽게 오해하거나 공격적으로 받아들이고, 상대의 의도와는 무관하게 무시당한다고 느꼈다. 그리고 나 자신을 진정으로 보호할 줄도 모르면서 타인과의 갈등에서는 스스로를 공격적으로 변호하고 억지로 정당화하며 갈등을 심화시켰다. 그 순간에도 내 편에 서준 사람들이 있었지만, 스스로를 이해하지 못하는 상태에서 타인이 해주는 이해는 밑 빠진 독에 물 붓기와 같았다.

자기 반성

피해의식에서 벗어날 수 있는 힌트는 두 번째 상담 선생님으로 부터 얻었다. 심리학과에 입학하고 지도 교수님의 권유로 학교 상담센터에서 상담받기 시작했을 때다. 아직 나 자신을 마주 볼 용기가 없던 나는 마음의 문을 꼭 닫은 채로 상담 시간을 보냈다. 10년도 더 지난 일이라 구체적인 대화 내용이 전부 기억나지 않지만, 내 뇌리에 꽂힌 한 마디가 있었다. 바로 '자기반성'이다.

자기반성은 스스로를 의식적으로 돌아보고 생각, 감정, 행동,

동기, 가치관 등을 평가하고 성찰해 보는 것을 말한다. 당시 상담 선생님은 내게 자기반성이 적당하면 좋은 거라는 걸 알려주며, 나는 그걸 넘어서 부정적 평가만을 반복하니 자기비판으로 가고 있다고 얘기했다. 그 말을, 그 단어를 여러 번 곱씹으며 그간 내가 하고 있던 게 무엇이었는지 계속해서 돌아봤다.

내가 왜 그러는지 이해하지 못해, 어쩌면 타인보다 더 쉽게 스스로에게 상처를 주곤 했다. 그리고 그런 자신이 불쌍하면서도, 어떻게 해야 하는지 몰랐다. 그저 스스로를 자주 자책하며 한심하게만 여긴다고 생각했던 내가 그간 해온 게 자기반성이라는 걸 인지하기 시작하니, 장점을 찾은 느낌이 들었다. 당시 유일한 내 장점처럼 느껴진 그 일이 경로를 이탈해 자기비판으로 가지 않도록 아주 조금씩 노력하기 시작했다.

물론 당연히 하루아침에 잘되지는 않았다. 반성하는 시간을 줄이는 게 아니라 오히려 반복적이고 부정적인 자기 집중, 즉 반추하는 데에 집착하게 됐기 때문이다. 대학 시절에는 불면증이 심해 매일 일찍 일어나야 하는 데도 새벽까지 잠을 이루지 못해

스트레스받았는데, 거기에 끝없는 자기검열까지 더해져 정신적

으로 더 지쳐갔다.

가끔은 이렇게 살아도 되니까

바라는 만큼 실망하고 외로워지는 거니까, 당분간은 최소한만 바라기로 했다. 내가 바라는 게 욕심이라고 느껴지지 않을 만큼만. 그리고 일단 오늘에 무작정 감사하기로 했다.

코끝이 시린 겨울에 길을 잃어도 웃을 수 있던 어린 나를 기억하며, 지금의 나를 더 애틋하게 생각해 주기로 했다. 그 소녀가 지금까지 자랄 수 있었던 건 주변 사람의 다정함과 사랑, 그리고 나 자신이 진심으로 행복해졌으면 하던 마음 덕분이었으니까.

아주 조금이라도 나아갈 힘만 있다면, 그걸로 충분하다. 그리고 나는 내가 가야 할 길을 모르지 않는다는 사실에 위안을 얻으며 내가 가야 할 곳도, 기다리는 사람들도 있다. 이것 또한 무한한 감사를 보내야 하는 일이다.

한동안 살아 있는 데에 이유를 찾지 않을 것이다. 가끔만 자유롭게 이유를 붙여보다가 그게 아니라는 생각이 들면 포스트잇처럼 마음에서 떼버릴 것이다. 그렇게 너무 많이 골몰하지 않고 사유하지 않으며, 오늘을 살아내는 것에 충실하고 싶다.

요가와 명상

: 몸과 마음은 함께 간다

일상생활이 어느 정도 안정에 접어들었을 때다. 불행하진 않았지만 잔잔한 불안이 삶 속에 깔려 있다는 생각이 들 때, 명상을 해야겠다고 결심했다. 20대 때도 마음 챙김 명상을 한 적은 있지만, 온전히 집중하지는 못했다. 하지만 이번에는 다를 거라는 생각이 나를 다시 명상의 길로 이끌었다.

처음에는 원데이 클래스였다. 1:1로 진행되고 90분이 되는 시간 동안 요가도 함께 체험해 볼 수 있는 수업이라길래 선택했다. 집에서 거리가 좀 있었지만 그 시기는 나 자신에게 꼭 더 나은 시간을 선물해 주고 싶은 때라 망설임 없이 찾아갔다.

선생님은 오랫동안 수련한 사람처럼 자세가 아주 바른 분이었다. 요가를 한 번도 해보지 않은 나로서는 몸을 움직이는 것부터 시작할 줄 알았지만, 처음은 의외로 대화였다. 과거에 다발성 골절 이력이 있어 재활을 오래 했다는 것부터 마음에도 여전히 치유가 필요할 만큼 난이도 높은 삶을 살았다는 얘기까지 처음 본 사람에게 나도 모르게 술술 말하고 있었다.

치유는 마음을 여는 만큼 이루어진다고 했었나, 그때의 나는 정말이지 몸과 마음의 더 나은 회복이 절실했나 보다. 선생님은 누구보다 따뜻한 눈빛과 시선으로 내 이야기를 들어주셨고 단순히 귀가 아닌 마음으로 들어준다는 느낌을 받았다. 그게 요가 선생님과의 첫 인연이었다.

이후 나는 서울 4일, 대전 3일 생활을 몇 달간 이어가면서도 선생님께 계속 요가 명상 클래스를 들었다. 이름은 요가 명상 클래스일지라도 나에겐 치유 수업이었다. 주 1회 선생님과 만

나는 시간에 에너지를 충전해서 일주일을 살아간다고 해도 과언이 아닐 정도로 그 수업은 나에게 긍정적인 에너지를 주었다.

선생님은 매주 내가 어떻게 지냈는지를 먼저 물어보고, 몸 어떤 부분에 통증이 있는지 몸과 마음을 함께 챙겨주셨다. 그렇게 선생님을 만날 날이 다가오면 하고 싶은 이야기를 자연스럽게 생각하게 됐다. 1:1 수업이라 그 주 나의 컨디션에 맞춰 필요한 스트레칭부터 시작해 향테라피를 하고 어떤 날은 에너지 카드를 뽑아 현재 내가 가고자 하는 방향에 대해 알아보기도 했다.

이 시기에 내가 가장 많이 하고 다닌 말이 있다. "0의 상태에서 다음 챕터로 가고 싶어요."라는 거였다. 나는 더 이상 마이너스도 플러스도 원하지 않았다. 그저 0처럼 아무것도 없는 상태에서 그다음으로 나아가길 원했다.

그리고 몇 달이 지난 어느 날, 힘든 일을 더 많이 지나보내고 드디어 말할 수 있었다. "얼마나 걸릴지는 모르겠지만요, 다음 챕터로 가고 있다는 느낌을 받았어요."

힘들수록 정신에만 더 집중하고 내 생각 자체에 더 집착하고 파고들던 나는 이제 몸과 마음을 함께 유연하게 하는 법을 알았다.

치유는 인생의 장기 목표

나는 종종 완벽을 꿈꿨다. 그리고 그 기준에 나를 맞춰 어디가 부족한지 채찍질하기에 바빴다. 누구보다 위로가 필요했음에도 말이다. 어떤 것에도 동요되지 않고 확고하게 가야 할 방향으로만 나아갈 수 있기를 바라는 욕심에서 나온 태도였다. 치유를 대하는 생각 또한 마찬가지였다. '이 정도 했으면 된 거 아닌가?'라는 생각을 자주 했으니까. 하지만 지금 와 단호히 말할 수 있는 건, 치유는 인생의 장기 목표 중 하나라는 것이다.

우리의 노력이 부족했다는 말이 아니다. 자신을 위한 노력은

늘 충분했으나, 치유는 애초에 영혼을 견고하게 완성해 나가는 것이며 평생에 걸쳐 이루어져야 하는 작업이기 때문이다. 삶에서 상처와 치유는 계속해서 반복된다. 그래서 순환되는 굴레 안에서 무뎌지는 게 아닌, 굴곡을 넘어 회복해 나가는 것을 생의 루틴으로 받아들여야 한다. 그러려면 잊지 말고 늘 자신을 섬세하게 아껴주는 자세가 필요하다. 느리지만 확실하고 단단하게, 스스로를 보호하고 사랑할 줄 아는 사람이 되어야 한다는 뜻이다.

나 또한 여전히 치유 작업을 해나가는 중이고, 그 과정에서 느낀 치유의 순기능은 아래와 같다.

1. 자기방어 없이 평정심을 갖고 말, 행동, 사람에 대처할 수 있게 된다.
2. 자신감이 생기고 큰 노력 없이 늘 자신을 존중하게 된다.
3. 일상의 순간순간 행복을 느끼고 사소한 것에 감사하며, 시기적절한 행복을 스스로에게 선물해 줄 수 있게 된다.

치유 글쓰기 원데이 클래스를 오래 진행하면서 느낀 건, 자기 자신과 같이 잘살아 보고 싶어 다양한 노력을 하는 사람이 참 많다는 사실이다. 나 또한 그런 사람 중 하나이기에, 그들에게 다양한 기록과 글쓰기를 전파하면서 위로도 받았다. 그런 그들에게 꼭 전하는 말 중 하나는, 스스로를 사랑하는 방법 중 하나가 치유라고 생각했으면 한다는 것이다. 치유해서 자신을 사랑하게 되는 게 아니다. 스스로를 치유하는 힐러가 되면, 언제나 늘 자신을 진심으로 사랑하는 사람으로 사는 것이다.

삶을 대하는 방식을 바꾸면
삶도 바뀐다

1. 아는 것과 느끼는 것은 다르다. 우리는 삶을 충분히 느끼고 그걸 자신만의 언어로 표현하는 능력을 가져야 한다.

2. 자기 자신은 믿되, 오랫동안 고정된 생각으로 인한 행동은 경계하는 자세가 필요하다.

3. 무엇이든 결론을 내릴 필요는 없다. 얼마나 다양한 생각을 할 수 있는지를 깊이 생각하는 게 중요하다.

4. 언제든 떠나는 건 의미 있다. 떠나야만 다시 돌아갈 자리와 그 자리에 있어야 할 진짜 이유를 깨닫게 되기 때문이다. 또한 목적지라 믿었던 곳에 도착해야만, 그곳이 진정한 목적지가 아니었음을 깨달을 수 있다.

5. 옳고 그름을 따지는 건 중요하지 않다. 생각을 얼마나 확장시키게 됐는지, 앞으로 더 확장시킬 수 있는 가능성을 갖게 됐는지가 중요하다.

해방감 → 안정감 → 평정심

처음 나에게는 돌파구가 필요했다. 과거의 불행을 뒤로 하고 앞으로를 향해 달려 나갈 동력이 필요했다. 글쓰기를 통해 해방감을 느낀 나는, 다음 챕터로 넘어가야 한다는 생각이 있었다. 그때 내가 일상에 가장 만들고 싶었던 게 바로 '안정감'이다. 어떻게 하면 매일 안정감을 느끼며 살 수 있을지, 안정감이 필요하다는 생각 없이 하루를 보낼 수 있을지 고민했다.

시간이 지나고 보니 내게는 매달, 분기별, 한해 그렇게 나만의 키워드가 있었다. 어떤 해에는 외로움이었고, 어떤 해는 치유였고, 또 결핍이었다. 그래서 그 키워드를 주제 삼아 살아가다 보면 내가 보고 듣고 느끼는 모든 것들이 조금씩 정답을 알려주었다. 하나씩 알아가는 그 느낌이 좋았다. 그렇게 인생에 하나의 키워드로 숙제를 해결해 나가는 느낌으로 살았다. '이제 다음은 무엇일까?' 그렇게 성숙과 성장을 동시에 이루어 내며 내 삶에 대한 자부심도 생겨났다.

안정감을 얻은 뒤에는 '평정심'을 갖고 싶었다. 황당한 일에 덜 당황하고 싶었고, 표정 관리를 더 잘하고 싶었고, 나를 흔드는 일이 생겨도 재빨리 내 페이스를 찾아오고 싶었다. 그러려면 무시가 아닌 무던함이 필요했다. 하지만 그런 사람이 되기 위해 노력하는 와중에 느낀 건, 안정감이든 평정심이든 소유하는 게 아닌 지속하는 날을 늘리는 데에 답이 있다는 사실이다.

'흔들리더라도 제자리를 찾는 것' 말이다. 제자리라는 명사의 뜻은 세 가지가 있다. 첫 번째는 '본래 있던 자리'이다. 두 번째는 '위치의 변화가 없는 같은 자리'다. 그리고 제자리의 마지막 뜻은 '마땅히 있어야 할 자리'이다. 사람들이 가장 본질적으로 궁금해하고 찾고 싶어 하는 부분이라 생각한다. 내가 응당 있어야 하는 곳은 과연 어디인가, 그 자리로 가기 위해 먼저 가야 하는 곳은 어디인가에 대해 끊임없이 고민하는 것이다. 그렇게 우리는 결국 평생 제자리를 찾으며 살아간다.

이렇게 자신이 있어야 하는 자리를 아는 것과 있고 싶은 자리에 머무르는 것 자체를 누구는 꿈이라고, 누구는 행복이라고 부를 수 있겠다. 나는 먼저 그 제자리를 찾아야 한다는 것을 깨달았다. 그래야 비로소 평온한 하루하루를 보내는, 평정심이 갖춰진 일상을 보낼 수 있으리라. 그래서 나는 모두의 제자리 찾기를 열렬히 응원하며, 오늘도 나의 제자리에 머무른다.

쓰는 사람으로 살아가는 마음

"작가는 뭔가 옳은 일을 하고 지지하려는 사람보다 더 회의적이고, 스스로를 의심하는 존재다."

수전 손택의 《문학은 자유다》 글에 나오는 구절이다. 그녀의 말에 나 역시 공감한다. 글을 쓰는 사람은 편을 들어주지 않는 것으로 사람들의 편을 들어주는 존재라고 평소에 생각했기 때문이다.

인간이라면 가질 수밖에 없는 근본적인 물음과 살아 있다는 사실만으로 느끼는 존재의 고통, 그럼에도 사랑해야 하는 이유에 대해 계속해서 의심하고 답하는 게 글을 쓰는 사람의 역할이다. 그래서 작가는 의심을 거두는 일보다는 또 다른 물음에 대해 자신이 할 수 있는 이야기로 답하기를 반복한다.

17살부터 19살은 내 인생에서 가장 많은 책을 읽은 시기이다. 그중 가장 많은 장르를 차지했던 게 소설이다. 일본과 프랑스 등 당시엔 가본 적도 없는 나라의 사람들이 쓴 책을 닥치는 대로 읽었다. 그 이유는 내가 무엇보다 치유가 필요한 사람이었기 때문이다.

또한 엄마와 할아버지의 부재에 대한 애도가 필요하기도 했는데, 자연스럽게 나와 닮은 주인공들을 보며 울고 웃다 보니 극복 중인 캐릭터들과 나를 동일시할 수 있었다. 그게 현실을 살아가는 내 일상에 조금씩 반영이 되고, 결국 내가 극복하고 나아가야 할 방향에 대해 깨우칠 수 있었다.

소설을 읽은 건 나였지만, 나는 소설에게 읽히는 기분도 느꼈다. 그렇기에 그 이후로도 내가 가진 결핍에 대한 돌파구가 필요할 때마다 자연스레 책을 찾았다. 시, 소설, 수필 등 가리지 않고 읽으며 그때그때 필요한 힌트를 얻고 난 뒤 나만의 정답을 만들어 나갔다.

그러니 지금의 나를 만든 건 내가 문학을 접한 모든 시간이 아닐까. 그걸 눈으로 읽고 마음에 새기며 때로는 소리 내 읽어 보는 모든 작업이 나를 더 살게 한 건 아닐까 생각한다. 이제는 이런 경험을 더 많은 사람이 했으면 좋겠기에, 계속 쓴다.

연민으로 빛나는 날들

껴안지 못할 것들도 품고 싶다. 맺히지 않고 흐르게 하며 포용하고 싶다. 그리고 사랑하는 너와 포옹하며 인간에 대한 미움을 지우고 싶다. 삶을 유연하게 버텨나가고 싶다. 불완전함이 내 일부라는 것을 온전히 인정하고, 세상이 나를 꺾더라도 내 안의 꽃을 피우며 나아가고 싶다.

상처는 내게 연민을, 연민은 내게 사람을 이해하는 눈을 주었다. 나는 고르지 않은 사람들과 나 자신을 끌어안고 그 안에서 기쁨을 찾으려고 한다. 나를 지키는 방법은 타인을 밀어내는 게 아니라, 그저 자신을 있는 그대로 받아들이는 거니까.

흔들려도 괜찮다. 중심으로 돌아오는 법을 배웠으니까. 나만의 속도로 나아갈 힘을 얻었으니까. 완벽하지 않아도 괜찮다. 나는 계속 그저 내가 되기로 했으니까. 부러지지 않는 가지를 많이 두는 나무가 될 것이다. 흐트러진 마음도 사랑하며 자신을 길러낼 것이다.

부서지지 않고 구겨지며, 그 마음을 잘 펴서 누군가의 아픔을 이해하는 길로 걸어가는 내 모습을 상상한다. 살아 있는 한, 그렇게 내 안의 온기를 지켜내기로 했다.

기분과 태도 사이에서 나를 지키는 기록

. . . .

1. 하루를 마치며, 오늘의 기분을 날씨로 고릅니다.

2. 감정의 강도가 어느 단계에 와 있는지 기압을 체크합니다.

3. 이 감정이 어디에서 불어왔는지 풍향을 살펴봅니다.

4. 기분이 태도가 된다면 어떤 행동을 했을지 가볍게 상상해 봅니다.

5. 오늘의 나를 지키기 위해 의식적으로 선택한 태도를 기록합니다.

• 오늘 내면 날씨

☀ 맑음   ☼ 맑지만 어딘가 쓸쓸함   ☁ 흐림/먹구름

☁ 약한 비(슬픔/울적)   ❄ 눈(고요한 우울/사색)

⚡ 번개(불안/분노/과부하)   🌫 안개(이름 없는 복잡한 기분/무기력)

• 감정 기압

☐ 미세한 변화를 알아챔   ☐ 표정으로만 느껴짐   ☐ 태도가 될 위험 있음

☐ 행동 직전 단계   ☐ 즉각 조절 필요

• 감정 풍향(출처)

↑ 나의 내면   ↓ 미래/계획/불안   ← 타인(관계)

→ 나에게 향하는 기대/요구   ↗ 책임/역할

↘ 과거/흔적   ↔ 출처가 분명하지 않음

• 기분이 태도가 된다면 나는 이렇게 행동했을 것이다.

....

....

• 하지만 내가 오늘 선택한 태도는?

☐ 멈춤   ☐ 거리두기   ☐ 경청   ☐ 침묵   ☐ 유머

☐ 판단 유예   ☐ 천천히 반응   ☐ 스스로에게 질문하기

☐ 기록하기   ☐ 기타: (   )

• 이 선택을 하고 난 뒤의 기분을 적어보세요.

....

....

• 오늘 내면 날씨 ─────────────────────

☀ 맑음   ☀ 맑지만 어딘가 쓸쓸함   ☁ 흐림/먹구름

☁ 약한 비(슬픔/울적)   ❄ 눈(고요한 우울/사색)

⚡ 번개(불안/분노/과부하)   ☁ 안개(이름 없는 복잡한 기분/무기력)

• 감정 기압 ─────────────────────

☐ 미세한 변화를 알아챔   ☐ 표정으로만 느껴짐   ☐ 태도가 될 위험 있음

☐ 행동 직전 단계   ☐ 즉각 조절 필요

• 감정 풍향(출처) ─────────────────────

↑ 나의 내면   ↓ 미래/계획/불안   ← 타인(관계)

→ 나에게 향하는 기대/요구   ↗ 책임/역할

↘ 과거/흔적   ↔ 출처가 분명하지 않음

• 기분이 태도가 된다면 나는 이렇게 행동했을 것이다.

....

....

• 하지만 내가 오늘 선택한 태도는?

☐ 멈춤   ☐ 거리두기   ☐ 경청   ☐ 침묵   ☐ 유머

☐ 판단 유예   ☐ 천천히 반응   ☐ 스스로에게 질문하기

☐ 기록하기   ☐ 기타: (   )

• 이 선택을 하고 난 뒤의 기분을 적어보세요.

....

....

• 오늘 내면 날씨

☀ 맑음 　　　 ☼ 맑지만 어딘가 쓸쓸함 　　　 ☁ 흐림/먹구름

☁ 약한 비(슬픔/울적) 　　 ❄ 눈(고요한 우울/사색)

⚡ 번개(불안/분노/과부하) 　 🌫 안개(이름 없는 복잡한 기분/무기력)

• 감정 기압

☐ 미세한 변화를 알아챔 　 ☐ 표정으로만 느껴짐 　 ☐ 태도가 될 위험 있음

☐ 행동 직전 단계 　　　　 ☐ 즉각 조절 필요

• 감정 풍향(출처)

↑ 나의 내면 　　　　　　 ↓ 미래/계획/불안 　　　 ← 타인(관계)

→ 나에게 향하는 기대/요구 　 ↗ 책임/역할

↘ 과거/흔적 　　　　　　 ↔ 출처가 분명하지 않음

• 기분이 태도가 된다면 나는 이렇게 행동했을 것이다.

....

....

• 하지만 내가 오늘 선택한 태도는?

☐ 멈춤 　　 ☐ 거리두기 　　 ☐ 경청 　　 ☐ 침묵 　　 ☐ 유머

☐ 판단 유예 　 ☐ 천천히 반응 　 ☐ 스스로에게 질문하기

☐ 기록하기 　 ☐ 기타: (　　　　　　　)

• 이 선택을 하고 난 뒤의 기분을 적어보세요.

....

....

• 오늘 내면 날씨

☀ 맑음   ☼ 맑지만 어딘가 쓸쓸함   ☁ 흐림/먹구름

☁ 약한 비(슬픔/울적)   ❄ 눈(고요한 우울/사색)

⚡ 번개(불안/분노/과부하)   ☁ 안개(이름 없는 복잡한 기분/무기력)

• 감정 기압

☐ 미세한 변화를 알아챔   ☐ 표정으로만 느껴짐   ☐ 태도가 될 위험 있음

☐ 행동 직전 단계   ☐ 즉각 조절 필요

• 감정 풍향(출처)

↑ 나의 내면   ↓ 미래/계획/불안   ← 타인(관계)

→ 나에게 향하는 기대/요구   ↗ 책임/역할

↘ 과거/흔적   ↔ 출처가 분명하지 않음

• 기분이 태도가 된다면 나는 이렇게 행동했을 것이다.

....

....

• 하지만 내가 오늘 선택한 태도는?

☐ 멈춤   ☐ 거리두기   ☐ 경청   ☐ 침묵   ☐ 유머

☐ 판단 유예   ☐ 천천히 반응   ☐ 스스로에게 질문하기

☐ 기록하기   ☐ 기타: (   )

• 이 선택을 하고 난 뒤의 기분을 적어보세요.

....

....

• 오늘 내면 날씨

☀ 맑음   ☼ 맑지만 어딘가 쓸쓸함   ☁ 흐림/먹구름

🌧 약한 비(슬픔/울적)   ❄ 눈(고요한 우울/사색)

⚡ 번개(불안/분노/과부하)   🌫 안개(이름 없는 복잡한 기분/무기력)

• 감정 기압

☐ 미세한 변화를 알아챔   ☐ 표정으로만 느껴짐   ☐ 태도가 될 위험 있음

☐ 행동 직전 단계   ☐ 즉각 조절 필요

• 감정 풍향(출처)

↑ 나의 내면   ↓ 미래/계획/불안   ← 타인(관계)

→ 나에게 향하는 기대/요구   ↗ 책임/역할

↘ 과거/흔적   ↔ 출처가 분명하지 않음

• 기분이 태도가 된다면 나는 이렇게 행동했을 것이다.

....

....

• 하지만 내가 오늘 선택한 태도는?

☐ 멈춤   ☐ 거리두기   ☐ 경청   ☐ 침묵   ☐ 유머

☐ 판단 유예   ☐ 천천히 반응   ☐ 스스로에게 질문하기

☐ 기록하기   ☐ 기타: (   )

• 이 선택을 하고 난 뒤의 기분을 적어보세요.

....

....

• 오늘 내면 날씨 ─────────────────

☀ 맑음   ☼ 맑지만 어딘가 쓸쓸함   ☁ 흐림/먹구름

☁ 약한 비(슬픔/울적)   ❄ 눈(고요한 우울/사색)

⚡ 번개(불안/분노/과부하)   ☁ 안개(이름 없는 복잡한 기분/무기력)

• 감정 기압 ─────────────────

☐ 미세한 변화를 알아챔   ☐ 표정으로만 느껴짐   ☐ 태도가 될 위험 있음

☐ 행동 직전 단계   ☐ 즉각 조절 필요

• 감정 풍향(출처) ─────────────────

↑ 나의 내면   ↓ 미래/계획/불안   ← 타인(관계)

→ 나에게 향하는 기대/요구   ↗ 책임/역할

↘ 과거/흔적   ↔ 출처가 분명하지 않음

• 기분이 태도가 된다면 나는 이렇게 행동했을 것이다.

....

....

• 하지만 내가 오늘 선택한 태도는?

☐ 멈춤   ☐ 거리두기   ☐ 경청   ☐ 침묵   ☐ 유머

☐ 판단 유예   ☐ 천천히 반응   ☐ 스스로에게 질문하기

☐ 기록하기   ☐ 기타: (   )

• 이 선택을 하고 난 뒤의 기분을 적어보세요.

....

....

• 오늘 내면 날씨

☀ 맑음   ☼ 맑지만 어딘가 쓸쓸함   ☁ 흐림/먹구름

☂ 약한 비(슬픔/울적)   ❄ 눈(고요한 우울/사색)

⚡ 번개(불안/분노/과부하)   ☁ 안개(이름 없는 복잡한 기분/무기력)

• 감정 기압

☐ 미세한 변화를 알아챔   ☐ 표정으로만 느껴짐   ☐ 태도가 될 위험 있음

☐ 행동 직전 단계   ☐ 즉각 조절 필요

• 감정 풍향(출처)

↑ 나의 내면   ↓ 미래/계획/불안   ← 타인(관계)

→ 나에게 향하는 기대/요구   ↗ 책임/역할

↘ 과거/흔적   ↔ 출처가 분명하지 않음

• 기분이 태도가 된다면 나는 이렇게 행동했을 것이다.

....

....

• 하지만 내가 오늘 선택한 태도는?

☐ 멈춤   ☐ 거리두기   ☐ 경청   ☐ 침묵   ☐ 유머

☐ 판단 유예   ☐ 천천히 반응   ☐ 스스로에게 질문하기

☐ 기록하기   ☐ 기타: (   )

• 이 선택을 하고 난 뒤의 기분을 적어보세요.

....

....

• 오늘 내면 날씨 ─────────────────

☀ 맑음   ☼ 맑지만 어딘가 쓸쓸함   ☁ 흐림/먹구름

☁ 약한 비(슬픔/울적)   ❋ 눈(고요한 우울/사색)

⚡ 번개(불안/분노/과부하)   ☁ 안개(이름 없는 복잡한 기분/무기력)

• 감정 기압 ─────────────────

☐ 미세한 변화를 알아챔   ☐ 표정으로만 느껴짐   ☐ 태도가 될 위험 있음

☐ 행동 직전 단계   ☐ 즉각 조절 필요

• 감정 풍향(출처) ─────────────────

↑ 나의 내면   ↓ 미래/계획/불안   ← 타인(관계)

→ 나에게 향하는 기대/요구   ↗ 책임/역할

↘ 과거/흔적   ↔ 출처가 분명하지 않음

• 기분이 태도가 된다면 나는 이렇게 행동했을 것이다.

....

....

• 하지만 내가 오늘 선택한 태도는?

☐ 멈춤   ☐ 거리두기   ☐ 경청   ☐ 침묵   ☐ 유머

☐ 판단 유예   ☐ 천천히 반응   ☐ 스스로에게 질문하기

☐ 기록하기   ☐ 기타: (   )

• 이 선택을 하고 난 뒤의 기분을 적어보세요.

....

....

• 오늘 내면 날씨

☀ 맑음   ☀ 맑지만 어딘가 쓸쓸함   ☁ 흐림/먹구름

☁ 약한 비(슬픔/울적)   ❄ 눈(고요한 우울/사색)

⚡ 번개(불안/분노/과부하)   ☁ 안개(이름 없는 복잡한 기분/무기력)

• 감정 기압

☐ 미세한 변화를 알아챔   ☐ 표정으로만 느껴짐   ☐ 태도가 될 위험 있음

☐ 행동 직전 단계   ☐ 즉각 조절 필요

• 감정 풍향(출처)

↑ 나의 내면   ↓ 미래/계획/불안   ← 타인(관계)

→ 나에게 향하는 기대/요구   ↗ 책임/역할

↘ 과거/흔적   ↔ 출처가 분명하지 않음

• 기분이 태도가 된다면 나는 이렇게 행동했을 것이다.

....

....

• 하지만 내가 오늘 선택한 태도는?

☐ 멈춤   ☐ 거리두기   ☐ 경청   ☐ 침묵   ☐ 유머

☐ 판단 유예   ☐ 천천히 반응   ☐ 스스로에게 질문하기

☐ 기록하기   ☐ 기타: (   )

• 이 선택을 하고 난 뒤의 기분을 적어보세요.

....

....

• 오늘 내면 날씨

☀ 맑음 ☀ 맑지만 어딘가 쓸쓸함 ☁ 흐림/먹구름

☁ 약한 비(슬픔/울적) ❄ 눈(고요한 우울/사색)

⚡ 번개(불안/분노/과부하) ☁ 안개(이름 없는 복잡한 기분/무기력)

• 감정 기압

☐ 미세한 변화를 알아챔 ☐ 표정으로만 느껴짐 ☐ 태도가 될 위험 있음

☐ 행동 직전 단계 ☐ 즉각 조절 필요

• 감정 풍향(출처)

↑ 나의 내면 ↓ 미래/계획/불안 ← 타인(관계)

→ 나에게 향하는 기대/요구 ↗ 책임/역할

↘ 과거/흔적 ↔ 출처가 분명하지 않음

• 기분이 태도가 된다면 나는 이렇게 행동했을 것이다.

....

....

• 하지만 내가 오늘 선택한 태도는?

☐ 멈춤 ☐ 거리두기 ☐ 경청 ☐ 침묵 ☐ 유머

☐ 판단 유예 ☐ 천천히 반응 ☐ 스스로에게 질문하기

☐ 기록하기 ☐ 기타: ( )

• 이 선택을 하고 난 뒤의 기분을 적어보세요.

....

....

• 오늘 내면 날씨

☀ 맑음   ☼ 맑지만 어딘가 쓸쓸함   ☁ 흐림/먹구름

☁ 약한 비(슬픔/울적)   ❋ 눈(고요한 우울/사색)

⚡ 번개(불안/분노/과부하)   ☁ 안개(이름 없는 복잡한 기분/무기력)

• 감정 기압

☐ 미세한 변화를 알아챔   ☐ 표정으로만 느껴짐   ☐ 태도가 될 위험 있음

☐ 행동 직전 단계   ☐ 즉각 조절 필요

• 감정 풍향(출처)

↑ 나의 내면   ↓ 미래/계획/불안   ← 타인(관계)

→ 나에게 향하는 기대/요구   ↗ 책임/역할

↘ 과거/흔적   ↔ 출처가 분명하지 않음

• 기분이 태도가 된다면 나는 이렇게 행동했을 것이다.

....

....

• 하지만 내가 오늘 선택한 태도는?

☐ 멈춤   ☐ 거리두기   ☐ 경청   ☐ 침묵   ☐ 유머

☐ 판단 유예   ☐ 천천히 반응   ☐ 스스로에게 질문하기

☐ 기록하기   ☐ 기타: (   )

• 이 선택을 하고 난 뒤의 기분을 적어보세요.

....

....

• 오늘 내면 날씨

☀ 맑음   ☼ 맑지만 어딘가 쓸쓸함   ☁ 흐림/먹구름

☁ 약한 비(슬픔/울적)   ❋ 눈(고요한 우울/사색)

⚡ 번개(불안/분노/과부하)   ☁ 안개(이름 없는 복잡한 기분/무기력)

• 감정 기압

☐ 미세한 변화를 알아챔   ☐ 표정으로만 느껴짐   ☐ 태도가 될 위험 있음

☐ 행동 직전 단계   ☐ 즉각 조절 필요

• 감정 풍향(출처)

↑ 나의 내면   ↓ 미래/계획/불안   ← 타인(관계)

→ 나에게 향하는 기대/요구   ↗ 책임/역할

↘ 과거/흔적   ↔ 출처가 분명하지 않음

• 기분이 태도가 된다면 나는 이렇게 행동했을 것이다.

....

....

• 하지만 내가 오늘 선택한 태도는?

☐ 멈춤   ☐ 거리두기   ☐ 경청   ☐ 침묵   ☐ 유머

☐ 판단 유예   ☐ 천천히 반응   ☐ 스스로에게 질문하기

☐ 기록하기   ☐ 기타: (   )

• 이 선택을 하고 난 뒤의 기분을 적어보세요.

....

....

• 오늘 내면 날씨

☀ 맑음   ☼ 맑지만 어딘가 쓸쓸함   ☁ 흐림/먹구름

☁ 약한 비(슬픔/울적)   ❄ 눈(고요한 우울/사색)

⚡ 번개(불안/분노/과부하)   ☁ 안개(이름 없는 복잡한 기분/무기력)

• 감정 기압

☐ 미세한 변화를 알아챔   ☐ 표정으로만 느껴짐   ☐ 태도가 될 위험 있음

☐ 행동 직전 단계   ☐ 즉각 조절 필요

• 감정 풍향(출처)

↑ 나의 내면   ↓ 미래/계획/불안   ← 타인(관계)

→ 나에게 향하는 기대/요구   ↗ 책임/역할

↘ 과거/흔적   ↔ 출처가 분명하지 않음

• 기분이 태도가 된다면 나는 이렇게 행동했을 것이다.

....

....

• 하지만 내가 오늘 선택한 태도는?

☐ 멈춤   ☐ 거리두기   ☐ 경청   ☐ 침묵   ☐ 유머

☐ 판단 유예   ☐ 천천히 반응   ☐ 스스로에게 질문하기

☐ 기록하기   ☐ 기타: (   )

• 이 선택을 하고 난 뒤의 기분을 적어보세요.

....

....

• 오늘 내면 날씨 ───────────────────

☀ 맑음   ☀ 맑지만 어딘가 쓸쓸함   ☁ 흐림/먹구름

☁ 약한 비(슬픔/울적)   ❄ 눈(고요한 우울/사색)

⚡ 번개(불안/분노/과부하)   ☁ 안개(이름 없는 복잡한 기분/무기력)

• 감정 기압 ───────────────────

☐ 미세한 변화를 알아챔   ☐ 표정으로만 느껴짐   ☐ 태도가 될 위험 있음

☐ 행동 직전 단계   ☐ 즉각 조절 필요

• 감정 풍향(출처) ───────────────────

↑ 나의 내면   ↓ 미래/계획/불안   ← 타인(관계)

→ 나에게 향하는 기대/요구   ↗ 책임/역할

↘ 과거/흔적   ↔ 출처가 분명하지 않음

• 기분이 태도가 된다면 나는 이렇게 행동했을 것이다.

....

....

• 하지만 내가 오늘 선택한 태도는?

☐ 멈춤   ☐ 거리두기   ☐ 경청   ☐ 침묵   ☐ 유머

☐ 판단 유예 ☐ 천천히 반응   ☐ 스스로에게 질문하기

☐ 기록하기 ☐ 기타: (   )

• 이 선택을 하고 난 뒤의 기분을 적어보세요.

....

....

• 오늘 내면 날씨

☀ 맑음   ☼ 맑지만 어딘가 쓸쓸함   ☁ 흐림/먹구름

☁ 약한 비(슬픔/울적)   ❋ 눈(고요한 우울/사색)

⚡ 번개(불안/분노/과부하)   🌫 안개(이름 없는 복잡한 기분/무기력)

• 감정 기압

☐ 미세한 변화를 알아챔   ☐ 표정으로만 느껴짐   ☐ 태도가 될 위험 있음

☐ 행동 직전 단계   ☐ 즉각 조절 필요

• 감정 풍향(출처)

↑ 나의 내면   ↓ 미래/계획/불안   ← 타인(관계)

→ 나에게 향하는 기대/요구   ↗ 책임/역할

↘ 과거/흔적   ↔ 출처가 분명하지 않음

• 기분이 태도가 된다면 나는 이렇게 행동했을 것이다.

....

....

• 하지만 내가 오늘 선택한 태도는?

☐ 멈춤   ☐ 거리두기   ☐ 경청   ☐ 침묵   ☐ 유머

☐ 판단 유예   ☐ 천천히 반응   ☐ 스스로에게 질문하기

☐ 기록하기   ☐ 기타: (   )

• 이 선택을 하고 난 뒤의 기분을 적어보세요.

....

....

• 오늘 내면 날씨 ─────────────

☀ 맑음   ☀ 맑지만 어딘가 쓸쓸함   ☁ 흐림/먹구름

☁ 약한 비(슬픔/울적)   ❄ 눈(고요한 우울/사색)

⚡ 번개(불안/분노/과부하)   ☁ 안개(이름 없는 복잡한 기분/무기력)

• 감정 기압 ─────────────

☐ 미세한 변화를 알아챔   ☐ 표정으로만 느껴짐 ☐ 태도가 될 위험 있음

☐ 행동 직전 단계   ☐ 즉각 조절 필요

• 감정 풍향(출처) ─────────────

↑ 나의 내면   ↓ 미래/계획/불안   ← 타인(관계)

→ 나에게 향하는 기대/요구   ↗ 책임/역할

↘ 과거/흔적   ↔ 출처가 분명하지 않음

• 기분이 태도가 된다면 나는 이렇게 행동했을 것이다.

....

....

• 하지만 내가 오늘 선택한 태도는?

☐ 멈춤   ☐ 거리두기   ☐ 경청   ☐ 침묵   ☐ 유머

☐ 판단 유예   ☐ 천천히 반응   ☐ 스스로에게 질문하기

☐ 기록하기   ☐ 기타: (   )

• 이 선택을 하고 난 뒤의 기분을 적어보세요.

....

....

• 오늘 내면 날씨

☀ 맑음   ☼ 맑지만 어딘가 쓸쓸함   ☁ 흐림/먹구름

☁ 약한 비(슬픔/울적)   ❊ 눈(고요한 우울/사색)

⚡ 번개(불안/분노/과부하)   ☁ 안개(이름 없는 복잡한 기분/무기력)

• 감정 기압

☐ 미세한 변화를 알아챔   ☐ 표정으로만 느껴짐   ☐ 태도가 될 위험 있음

☐ 행동 직전 단계   ☐ 즉각 조절 필요

• 감정 풍향(출처)

↑ 나의 내면   ↓ 미래/계획/불안   ← 타인(관계)

→ 나에게 향하는 기대/요구   ↗ 책임/역할

↘ 과거/흔적   ↔ 출처가 분명하지 않음

• 기분이 태도가 된다면 나는 이렇게 행동했을 것이다.

....

....

• 하지만 내가 오늘 선택한 태도는?

☐ 멈춤   ☐ 거리두기   ☐ 경청   ☐ 침묵   ☐ 유머

☐ 판단 유예   ☐ 천천히 반응   ☐ 스스로에게 질문하기

☐ 기록하기   ☐ 기타: (   )

• 이 선택을 하고 난 뒤의 기분을 적어보세요.

....

....

• 오늘 내면 날씨 ─────────────────

☀ 맑음　　　　　　　☼ 맑지만 어딘가 쓸쓸함　　　☁ 흐림/먹구름

☁ 약한 비(슬픔/울적)　　❅ 눈(고요한 우울/사색)

⚡ 번개(불안/분노/과부하)　☁ 안개(이름 없는 복잡한 기분/무기력)

• 감정 기압 ─────────────────

☐ 미세한 변화를 알아챔　☐ 표정으로만 느껴짐　☐ 태도가 될 위험 있음

☐ 행동 직전 단계　　　　☐ 즉각 조절 필요

• 감정 풍향(출처) ─────────────────

↑ 나의 내면　　　　　　↓ 미래/계획/불안　　　　← 타인(관계)

→ 나에게 향하는 기대/요구　↗ 책임/역할

↘ 과거/흔적　　　　　　↔ 출처가 분명하지 않음

• 기분이 태도가 된다면 나는 이렇게 행동했을 것이다.

....

....

• 하지만 내가 오늘 선택한 태도는?

☐ 멈춤　　☐ 거리두기　　☐ 경청　　☐ 침묵　　☐ 유머

☐ 판단 유예　☐ 천천히 반응　☐ 스스로에게 질문하기

☐ 기록하기　☐ 기타: (　　　　　　)

• 이 선택을 하고 난 뒤의 기분을 적어보세요.

....

....

• 오늘 내면 날씨

☀ 맑음   ☼ 맑지만 어딘가 쓸쓸함   ☁ 흐림/먹구름

☁ 약한 비(슬픔/울적)   ❄ 눈(고요한 우울/사색)

⚡ 번개(불안/분노/과부하)   ☁ 안개(이름 없는 복잡한 기분/무기력)

• 감정 기압

☐ 미세한 변화를 알아챔   ☐ 표정으로만 느껴짐   ☐ 태도가 될 위험 있음

☐ 행동 직전 단계   ☐ 즉각 조절 필요

• 감정 풍향(출처)

↑ 나의 내면   ↓ 미래/계획/불안   ← 타인(관계)

→ 나에게 향하는 기대/요구   ↗ 책임/역할

↘ 과거/흔적   ↔ 출처가 분명하지 않음

• 기분이 태도가 된다면 나는 이렇게 행동했을 것이다.

....

....

• 하지만 내가 오늘 선택한 태도는?

☐ 멈춤   ☐ 거리두기   ☐ 경청   ☐ 침묵   ☐ 유머

☐ 판단 유예   ☐ 천천히 반응   ☐ 스스로에게 질문하기

☐ 기록하기   ☐ 기타: (   )

• 이 선택을 하고 난 뒤의 기분을 적어보세요.

....

....

• 오늘 내면 날씨 ─────────────────

☀ 맑음　　　　　　　☀ 맑지만 어딘가 쓸쓸함　　　☁ 흐림/먹구름

☁ 약한 비(슬픔/울적)　　❄ 눈(고요한 우울/사색)

⚡ 번개(불안/분노/과부하)　☁ 안개(이름 없는 복잡한 기분/무기력)

• 감정 기압 ─────────────────

☐ 미세한 변화를 알아챔　☐ 표정으로만 느껴짐　☐ 태도가 될 위험 있음

☐ 행동 직전 단계　　　☐ 즉각 조절 필요

• 감정 풍향(출처) ─────────────────

↑ 나의 내면　　　　　　↓ 미래/계획/불안　　　　← 타인(관계)

→ 나에게 향하는 기대/요구　↗ 책임/역할

↘ 과거/흔적　　　　　　↔ 출처가 분명하지 않음

• 기분이 태도가 된다면 나는 이렇게 행동했을 것이다.

....

....

• 하지만 내가 오늘 선택한 태도는?

☐ 멈춤　　☐ 거리두기　　☐ 경청　　☐ 침묵　　☐ 유머

☐ 판단 유예　☐ 천천히 반응　　☐ 스스로에게 질문하기

☐ 기록하기　☐ 기타: (　　　　　)

• 이 선택을 하고 난 뒤의 기분을 적어보세요.

....

....

• 오늘 내면 날씨

☀ 맑음   ☼ 맑지만 어딘가 쓸쓸함   ☁ 흐림/먹구름

☁ 약한 비(슬픔/울적)   ❈ 눈(고요한 우울/사색)

⚡ 번개(불안/분노/과부하)   ☁ 안개(이름 없는 복잡한 기분/무기력)

• 감정 기압

☐ 미세한 변화를 알아챔   ☐ 표정으로만 느껴짐   ☐ 태도가 될 위험 있음

☐ 행동 직전 단계   ☐ 즉각 조절 필요

• 감정 풍향(출처)

↑ 나의 내면   ↓ 미래/계획/불안   ← 타인(관계)

→ 나에게 향하는 기대/요구   ↗ 책임/역할

↘ 과거/흔적   ↔ 출처가 분명하지 않음

• 기분이 태도가 된다면 나는 이렇게 행동했을 것이다.

....

....

• 하지만 내가 오늘 선택한 태도는?

☐ 멈춤   ☐ 거리두기   ☐ 경청   ☐ 침묵   ☐ 유머

☐ 판단 유예   ☐ 천천히 반응   ☐ 스스로에게 질문하기

☐ 기록하기   ☐ 기타: (   )

• 이 선택을 하고 난 뒤의 기분을 적어보세요.

....

....

• 오늘 내면 날씨 ───────────────

☀ 맑음   ☼ 맑지만 어딘가 쓸쓸함   ☁ 흐림/먹구름

☁ 약한 비(슬픔/울적)   ❄ 눈(고요한 우울/사색)

⚡ 번개(불안/분노/과부하)   ☁ 안개(이름 없는 복잡한 기분/무기력)

• 감정 기압 ───────────────

☐ 미세한 변화를 알아챔   ☐ 표정으로만 느껴짐   ☐ 태도가 될 위험 있음

☐ 행동 직전 단계   ☐ 즉각 조절 필요

• 감정 풍향(출처) ───────────────

↑ 나의 내면   ↓ 미래/계획/불안   ← 타인(관계)

→ 나에게 향하는 기대/요구   ↗ 책임/역할

↘ 과거/흔적   ↔ 출처가 분명하지 않음

• 기분이 태도가 된다면 나는 이렇게 행동했을 것이다.

....

....

• 하지만 내가 오늘 선택한 태도는?

☐ 멈춤   ☐ 거리두기   ☐ 경청   ☐ 침묵   ☐ 유머

☐ 판단 유예   ☐ 천천히 반응   ☐ 스스로에게 질문하기

☐ 기록하기   ☐ 기타: (   )

• 이 선택을 하고 난 뒤의 기분을 적어보세요.

....

....

• 오늘 내면 날씨

☀️ 맑음　　　　　☼ 맑지만 어딘가 쓸쓸함　　　☁️ 흐림/먹구름

🌦️ 약한 비(슬픔/울적)　　❄️ 눈(고요한 우울/사색)

⚡ 번개(불안/분노/과부하)　🌫️ 안개(이름 없는 복잡한 기분/무기력)

• 감정 기압

☐ 미세한 변화를 알아챔　　☐ 표정으로만 느껴짐　☐ 태도가 될 위험 있음

☐ 행동 직전 단계　　　　　☐ 즉각 조절 필요

• 감정 풍향(출처)

↑ 나의 내면　　　　　　　↓ 미래/계획/불안　　　　← 타인(관계)

→ 나에게 향하는 기대/요구　↗ 책임/역할

↘ 과거/흔적　　　　　　　↔ 출처가 분명하지 않음

• 기분이 태도가 된다면 나는 이렇게 행동했을 것이다.

....

....

• 하지만 내가 오늘 선택한 태도는?

☐ 멈춤　　　☐ 거리두기　　☐ 경청　　　☐ 침묵　　☐ 유머

☐ 판단 유예　☐ 천천히 반응　☐ 스스로에게 질문하기

☐ 기록하기　☐ 기타: (　　　　　　)

• 이 선택을 하고 난 뒤의 기분을 적어보세요.

....

....

• 오늘 내면 날씨 ─────────────────

☀ 맑음   ☀ 맑지만 어딘가 쓸쓸함   ☁ 흐림/먹구름

☁ 약한 비(슬픔/울적)   ❆ 눈(고요한 우울/사색)

⚡ 번개(불안/분노/과부하) ☁ 안개(이름 없는 복잡한 기분/무기력)

• 감정 기압 ─────────────────

☐ 미세한 변화를 알아챔   ☐ 표정으로만 느껴짐 ☐ 태도가 될 위험 있음

☐ 행동 직전 단계   ☐ 즉각 조절 필요

• 감정 풍향(출처) ─────────────────

↑ 나의 내면   ↓ 미래/계획/불안   ← 타인(관계)

→ 나에게 향하는 기대/요구 ↗ 책임/역할

↘ 과거/흔적   ↔ 출처가 분명하지 않음

• 기분이 태도가 된다면 나는 이렇게 행동했을 것이다.

....

....

• 하지만 내가 오늘 선택한 태도는?

☐ 멈춤   ☐ 거리두기   ☐ 경청   ☐ 침묵   ☐ 유머

☐ 판단 유예   ☐ 천천히 반응   ☐ 스스로에게 질문하기

☐ 기록하기   ☐ 기타: (   )

• 이 선택을 하고 난 뒤의 기분을 적어보세요.

....

....

• 오늘 내면 날씨

☀ 맑음　　　　　　☼ 맑지만 어딘가 쓸쓸함　　　☁ 흐림/먹구름

☁ 약한 비(슬픔/울적)　　❄ 눈(고요한 우울/사색)

⚡ 번개(불안/분노/과부하)　　☁ 안개(이름 없는 복잡한 기분/무기력)

• 감정 기압

☐ 미세한 변화를 알아챔　　☐ 표정으로만 느껴짐　　☐ 태도가 될 위험 있음

☐ 행동 직전 단계　　☐ 즉각 조절 필요

• 감정 풍향(출처)

↑ 나의 내면　　　　　　↓ 미래/계획/불안　　　　← 타인(관계)

→ 나에게 향하는 기대/요구　　↗ 책임/역할

↘ 과거/흔적　　　　　　↔ 출처가 분명하지 않음

• 기분이 태도가 된다면 나는 이렇게 행동했을 것이다.

....

....

• 하지만 내가 오늘 선택한 태도는?

☐ 멈춤　　☐ 거리두기　　☐ 경청　　☐ 침묵　　☐ 유머

☐ 판단 유예　　☐ 천천히 반응　　☐ 스스로에게 질문하기

☐ 기록하기　　☐ 기타: (　　　　　)

• 이 선택을 하고 난 뒤의 기분을 적어보세요.

....

....

• 오늘 내면 날씨

☀ 맑음   ⛅ 맑지만 어딘가 쓸쓸함   ☁ 흐림/먹구름

☁ 약한 비(슬픔/울적)   ❄ 눈(고요한 우울/사색)

⚡ 번개(불안/분노/과부하)   🌫 안개(이름 없는 복잡한 기분/무기력)

• 감정 기압

☐ 미세한 변화를 알아챔   ☐ 표정으로만 느껴짐   ☐ 태도가 될 위험 있음

☐ 행동 직전 단계   ☐ 즉각 조절 필요

• 감정 풍향(출처)

↑ 나의 내면   ↓ 미래/계획/불안   ← 타인(관계)

→ 나에게 향하는 기대/요구   ↗ 책임/역할

↘ 과거/흔적   ↔ 출처가 분명하지 않음

• 기분이 태도가 된다면 나는 이렇게 행동했을 것이다.

....

....

• 하지만 내가 오늘 선택한 태도는?

☐ 멈춤   ☐ 거리두기   ☐ 경청   ☐ 침묵   ☐ 유머

☐ 판단 유예   ☐ 천천히 반응   ☐ 스스로에게 질문하기

☐ 기록하기   ☐ 기타: (　　　　　　　)

• 이 선택을 하고 난 뒤의 기분을 적어보세요.

....

....

• 오늘 내면 날씨 ────────────────────

☀ 맑음   ☼ 맑지만 어딘가 쓸쓸함   ☁ 흐림/먹구름

☁ 약한 비(슬픔/울적)   ❄ 눈(고요한 우울/사색)

⚡ 번개(불안/분노/과부하)   ☁ 안개(이름 없는 복잡한 기분/무기력)

• 감정 기압 ────────────────────

☐ 미세한 변화를 알아챔   ☐ 표정으로만 느껴짐   ☐ 태도가 될 위험 있음

☐ 행동 직전 단계   ☐ 즉각 조절 필요

• 감정 풍향(출처) ────────────────────

↑ 나의 내면   ↓ 미래/계획/불안   ← 타인(관계)

→ 나에게 향하는 기대/요구   ↗ 책임/역할

↘ 과거/흔적   ↔ 출처가 분명하지 않음

• 기분이 태도가 된다면 나는 이렇게 행동했을 것이다.

....

....

• 하지만 내가 오늘 선택한 태도는?

☐ 멈춤   ☐ 거리두기   ☐ 경청   ☐ 침묵   ☐ 유머

☐ 판단 유예   ☐ 천천히 반응   ☐ 스스로에게 질문하기

☐ 기록하기   ☐ 기타: (   )

• 이 선택을 하고 난 뒤의 기분을 적어보세요.

....

....

• 오늘 내면 날씨 ─────────────

☀ 맑음   ☼ 맑지만 어딘가 쓸쓸함   ☁ 흐림/먹구름

☁ 약한 비(슬픔/울적)   ❋ 눈(고요한 우울/사색)

⚡ 번개(불안/분노/과부하)   ☁ 안개(이름 없는 복잡한 기분/무기력)

• 감정 기압 ─────────────

☐ 미세한 변화를 알아챔   ☐ 표정으로만 느껴짐   ☐ 태도가 될 위험 있음

☐ 행동 직전 단계   ☐ 즉각 조절 필요

• 감정 풍향(출처) ─────────────

↑ 나의 내면   ↓ 미래/계획/불안   ← 타인(관계)

→ 나에게 향하는 기대/요구   ↗ 책임/역할

↘ 과거/흔적   ↔ 출처가 분명하지 않음

• 기분이 태도가 된다면 나는 이렇게 행동했을 것이다.

....

....

• 하지만 내가 오늘 선택한 태도는?

☐ 멈춤   ☐ 거리두기   ☐ 경청   ☐ 침묵   ☐ 유머

☐ 판단 유예   ☐ 천천히 반응   ☐ 스스로에게 질문하기

☐ 기록하기   ☐ 기타: (   )

• 이 선택을 하고 난 뒤의 기분을 적어보세요.

....

....

여기까지 잘 따라왔죠?

보이지 않지만, 마음 안에서도 분명 무언가 달라졌을 거예요. 오늘은 아주 작게라도, 어제보다 조금 더 자신을 이해한 상태일지 모릅니다.

살다 보면 기분은 계속 바뀝니다. 좋아졌다가, 또 뚝 떨어졌다가, 아무 이유 없이 무기력했다가, 다시 아무 이유 없이 괜찮아지기도 하죠. 그러니까 자신을 탓하지 마세요. 감정이 몰아치고 기분이 흔들리는 건 당신이 부족해서가 아니에요. 그저 살아 있어서 겪는 자연스러운 흐름일 뿐이에요.

그리고 기억해 주세요. 감정은 설명할 수 있고, 기분은 다룰 수 있으며, 태도는 선택할 수 있다는 걸요. 감정을 억누르거나 숨기려고 애쓰지 않아도 돼요. 그걸 알아주는 것만으로도 마음은 스스로 조금씩 정리될 준비를 하니까요.

기분 또한 바꾸려 애쓰기보다, 그 기분을 가진 나에게 잠시 손을 내밀어 주면 충분합니다. 그리고 태도는 세상이나 타인이 아닌, 언제나 당신이 결정할 수 있다는 사실도요.

당신은 이미 여기까지 걸어왔습니다. 이제 남은 건 삶 속에서 천천히 반복하고, 때로는 실패하고, 또다시 해보는 일뿐입니다. 오늘의 당신도 괜찮고, 흔들릴 내일의 당신도 괜찮아요.

이 책을 덮어도 당신은 혼자가 아닙니다. 당신 마음이 만들어 낸 변화는 이미 시작됐으니까요. 그리고 언젠가, 기분이 태도가 되지 않도록 애쓰던 당신이 흔들리지 않는 단단한 자신을 발견할 날이 올 거예요. 그날까지, 그리고 그 이후에도 당신을 응원합니다.

기분이 태도가 되지 않으려면

초판 1쇄 발행 2026년 1월 31일

지은이 나겨울
발행인 홍경숙
발행처 위너스북

경영총괄 안경찬
기획편집 김서희, 박경원
마케팅 박미애

출판등록 2008년 5월 2일 제2008-000221호
주소 서울 마포구 토정로 222, 201호(한국출판콘텐츠센터)
주문전화 02-325-8901
팩스 02-325-8902

디자인 [★]규
지업사 한서지업
인쇄 영신문화사

ISBN 979-11-24197-02-8 (03180)